*Über dieses Buch*

Acht Gespenstergeschichten aus 100 Jahren versammelt dieser Band – und dokumentiert so durchaus repräsentativ einen Teil der reichhaltigen phantastischen Literatur Österreichs, die sonst eher zum Skurrilen und Barock-Verschrobenen neigt. Österreich, beziehungsweise das alte Österreich-Ungarn, hat nicht nur eine große literarische Tradition, sondern dank seiner spezifischen Geschichte und geographischen Lage auch eine besondere Vielfalt gerade der phantastischen Literatur. Von heutigen Autoren haben H. C. Artmann und Daniel Wolfkind eine Ader für dieses Genre, so daß von Anzengruber über die phantastischen Meistererzähler Meyrink und Strobl und den klassischen österreichischen Autor Arthur Schnitzler bis heute ein weiter Bogen gespannt wird. Im Anhang gibt der Herausgeber einen umfassenden Überblick über die österreichische Gespensterliteratur. Kurzbiographien zu den Autoren liefern den Hintergrund, um dem interessierten Leser Informationen zum Weiterlesen zu geben.
Im Fischer Taschenbuch Verlag sind außerdem erschienen: ›Kindergeschichten aus Österreich‹ (Bd. 2002) und ›Sagen aus Österreich‹ (Bd. 2804).

*Der Herausgeber*

Der Herausgeber Franz Rottensteiner (geb. 1942) studierte Publizistik und englische Philologie an der Universität Wien, wo er promovierte. Er war Herausgeber der Reihe ›Science Fiction der Welt‹ im Insel Verlag und gibt derzeit die Reihe ›Die phantastischen Romane‹ im Paul Zsolnay Verlag heraus. Bei Insel und Suhrkamp erschienen die von ihm zusammengestellten SF-Almanache *Polaris* (4 Ausgaben) und die Anthologien *Insel Almanach auf das Jahr 1972* und *Blick vom anderen Ufer. Europäische Science Fiction;* im Fischer Taschenbuch Verlag der Band *Gespenstergeschichten aus Polen* (zusammen mit Marek Wydmuch, Bd. 1995). Er schrieb auch zwei Bücher in englischer Sprache, die beide bisher nicht ins Deutsche übersetzt wurden: *The Science Fiction Book* (1975) und *The Fantasy Book. The Ghostly, The Gothic, The Magical, The Unreal* (1978), ein Überblick über die phantastische Literatur (beide bei Thames and Hudson).

# Gespenstergeschichten aus Österreich

Herausgegeben
von Franz Rottensteiner

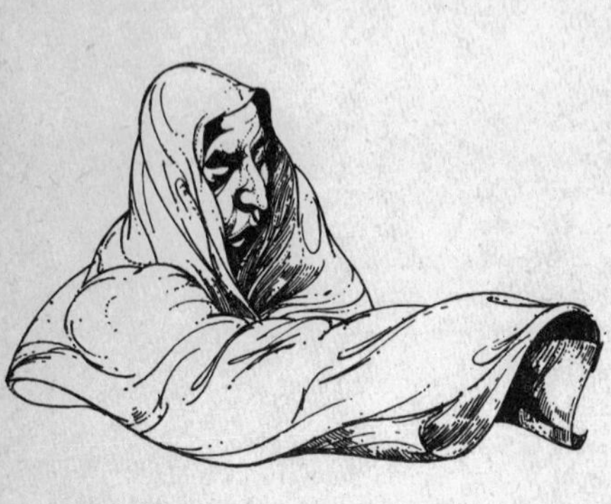

Fischer Taschenbuch Verlag

Originalausgabe
Mai 1979
Fischer Taschenbuch Verlag
Umschlagentwurf: Endrikat + Wenn
Fischer Taschenbuch Verlag GmbH, Frankfurt am Main

Druck und Bindung: Augsburger Druck- und Verlagshaus GmbH
Printed in Germany
480-ISBN-3-596-22814-x

# Inhalt

ARTHUR SCHNITZLER

# Die Weissagung

## I

Unweit von Bozen, auf einer mäßigen Höhe, im Walde wie versunken und von der Landstraße aus kaum sichtbar, liegt die kleine Besitzung des Freiherrn von Schottenegg. Ein Freund, der seit zehn Jahren als Arzt in Meran lebt und dem ich im Herbste dort wieder begegnete, hatte mich mit dem Freiherrn bekannt gemacht. Dieser war damals fünfzig Jahre alt und dilettierte in mancherlei Künsten. Er komponierte ein wenig, war tüchtig auf Violine und Klavier, auch zeichnete er nicht übel. Am ernstesten aber hatte er in früherer Zeit die Schauspielerei betrieben. Wie es hieß, war er als ganz junger Mensch unter angenommenem Namen ein paar Jahre lang auf kleinen Bühnen draußen im Reiche umhergezogen. Ob nun der dauernde Widerstand des Vaters, unzureichende Begabung oder mangelndes Glück der Anlaß war, jedenfalls hatte der Freiherr diese Laufbahn früh genug aufgegeben, um noch ohne erhebliche Verspätung in den Staatsdienst treten zu können und damit dem Beruf seiner Vorfahren zu folgen, den er dann auch zwei Jahrzehnte hindurch treu, wenn auch ohne Begeisterung erfüllte. Aber als er, kaum über vierzig Jahre alt, gleich nach dem Tode des Vaters, das Amt verließ, sollte sich erst zeigen, mit welcher Liebe er an dem Gegenstand seiner jugendlichen Träume noch immer hing. Er ließ die Villa auf dem Abhang des Guntschnaberges instand setzen und versammelte dort, insbesondere zur Sommers- und Herbstzeit, einen allmählich immer größer werdenden Kreis von Herren und Damen, die allerlei leicht zu agierende Schauspiele oder lebende Bilder vorführten. Seine Frau, aus einer alten Tiroler Bürgersfamilie, ohne wirkliche Anteilnahme an künstlerischen Dingen, aber klug und ihrem Gatten mit kameradschaftlicher Zärtlichkeit zugetan, sah seiner Liebhaberei mit einigem Spotte zu, der sich aber um so gutmütiger anließ, als das Interesse des Freiherrn ihren eigenen geselligen Neigungen entgegenkam. Die Gesellschaft, die man im Schlosse antraf, mochte strengen Beurteilern nicht gewählt genug erscheinen, aber auch Gäste, die sonst nach Geburt und Erziehung zu Standesvorurteilen geneigt waren, nahmen keinerlei Anstoß an der zwanglosen Zusammensetzung eines Kreises, die durch die dort geübte Kunst genügend gerechtfertigt schien und von dem überdies der Name und Ruf des freiherrlichen Paares jeden Verdacht freierer Sitten durchaus fernhielt. Unter manchen anderen, deren ich mich nicht mehr entsinne, begegnete ich auf dem Schlosse einem jungen Grafen von der Innsbrucker Bezirkshauptmannschaft, einem Jägeroffizier aus Riva, einem Generalstabshauptmann mit Frau und Tochter, einer Operettensängerin aus Berlin, einem Bozener Likörfabrikanten mit zwei Söhnen, dem Baron Meudolt, der damals eben von seiner Weltreise zurückgekommen war, einem pensionierten Hofschauspieler aus Bückeburg, einer verwitweten Gräfin Saima, die als junges Mädchen Schauspielerin gewesen war, mit ihrer Tochter, und dem dänischen Maler Petersen.

Im Schlosse selbst wohnten nur die wenigsten Gäste. Einige nahmen in Bozen Quartier, andere in einem bescheidenen Gasthof, der unten an der Wegscheide lag, wo eine schmälere Straße nach dem Gute abzweigte. Aber meist in den ersten Nachmittagsstunden war der ganze Kreis oben versammelt, und dann wurden, manchmal unter der Leitung des ehemaligen Hofschauspielers, zuweilen unter der des Freiherrn, der selbst niemals mitwirkte, bis in die späten Abendstunden Proben abgehalten, anfangs unter Scherzen und Lachen, allmählich aber mit immer größerem Ernste, bis der Tag der Vorstellung herannahte, und je nach Witterung, Laune, Vorbereitung, möglichst mit Rücksicht auf den Schauplatz der Handlung, entweder auf dem an den Wald grenzenden Wiesenplatz hinter dem Schloßgärtchen oder in dem ebenerdigen Saal mit den drei großen Bogenfenstern die Aufführung stattfand.

Als ich das erstemal den Freiherrn besuchte, hatte ich keinen anderen Vorsatz, als an einem neuen Ort unter neuen Menschen einen heiteren Tag zu verbringen. Aber wie das so kommt, wenn man ohne Ziel und in vollkommener Freiheit umherstreift, und überdies bei allmählich schwindender Jugend keinerlei Beziehungen bestehen, die lebhafter in die Heimat zurückrufen, ließ ich mich vom Freiherrn zu längerem Bleiben bereden. Aus dem einen Tag wurden zwei, drei und mehr, und so, zu meiner eigenen Verwunderung, wohnte ich bis tief in den Herbst oben auf dem Schlößchen, wo mir in einem kleinen Turm ein sehr wohnlich ausgestattetes Zimmer mit dem Blick ins Tal eingeräumt war. Dieser erste Aufenthalt

auf dem Guntschnaberg wird für mich stets eine angenehme und, trotz aller Lustigkeit und alles Lärms um mich herum, sehr stille Erinnerung bleiben, da ich mit keinem der Gäste anders als flüchtig verkehrte und überdies einen großen Teil meiner Zeit, zu Nachdenken und Arbeit gleichermaßen angeregt, auf einsamen Waldspaziergängen verbrachte. Auch der Umstand, daß der Freiherr aus Höflichkeit einmal eines meiner kleinen Stücke darstellen ließ, störte die Ruhe meines Aufenthaltes nicht, da niemand von meiner Eigenschaft als Verfasser Notiz nahm. Vielmehr bedeutete mir dieser Abend ein höchst anmutiges Erlebnis, da mit dieser Aufführung auf grünem Rasen, unter freiem Himmel ein bescheidener Traum meiner Jugendjahre so spät als unerwartet in Erfüllung ging.
Die lebhafte Bewegung im Schlosse ließ allmählich nach, der Urlaub der Herren, die in einem Berufe standen, war großenteils abgelaufen, und nur manchmal kam Besuch von Freunden, die in der Nähe ansässig waren. Erst jetzt gewann ich selbst zu dem Freiherrn ein näheres Verhältnis und fand bei ihm zu einiger Überraschung mehr Selbstbescheidung, als sie Dilettanten sonst eigen zu sein pflegt. Er täuschte sich keineswegs darüber, daß das, was auf seinem Schlosse getrieben wurde, nichts anderes war, als eine höhere Art von Gesellschaftsspiel. Aber da es ihm im Gange seines Lebens versagt geblieben war, in eine dauernde und ernsthafte Beziehung zu seiner geliebten Kunst zu treten, so ließ er sich an dem Schimmer genügen, der wie aus entlegenen Fernen über das harmlose Theaterwesen im Schlosse geglänzt kam, und freute sich überdies, daß hier von mancher Erbärmlichkeit, die das Berufliche doch überall mit sich bringt, kein Hauch zu spüren war.
Auf einem unserer Spaziergänge sprach er ohne jede Zudringlichkeit den Einfall aus, einmal auf seiner Bühne im Freien ein Stück dargestellt zu sehen, das schon im Hinblick auf den unbegrenzten Raum und auf die natürliche Umgebung geschaffen wäre. Diese Bemerkung kam einem Plan, den ich seit einiger Zeit in mir trug, so ungezwungen entgegen, daß ich dem Freiherrn versprach, seinen Wunsch zu erfüllen.
Bald darauf verließ ich das Schloß.
In den ersten Tagen des nächsten Frühlings schon sandte ich mit freundlichen Worten der Erinnerung an die schönen Tage des vergangenen Herbstes dem Freiherrn ein Stück, wie es den Forderungen der Gelegenheit wohl entsprechen mochte. Bald darauf traf die Antwort ein, die den Dank des Freiherrn und

eine herzliche Einladung für den kommenden Herbst enthielt. Ich verbrachte den Sommer im Gebirge, und in den ersten Septembertagen bei einbrechender kühler Witterung reiste ich an den Gardasee, ohne daran zu denken, daß ich nun dem Schlosse des Freiherrn Schottenegg recht nahe war. Ja, mir ist heute, als hätte ich zu dieser Zeit das kleine Schloß und alles dortige Treiben völlig vergessen gehabt. Da erhielt ich am 8. September aus Wien ein Schreiben des Freiherrn nachgesandt. Dieses sprach ein gelindes Erstaunen aus, daß ich nichts von mir hören ließe, und enthielt die Mitteilung, daß am 9. September die Aufführung des kleinen Stückes stattfände, das ich ihm im Frühling übersandt hatte und bei der ich keinesfalls fehlen dürfte. Besonderes Vergnügen versprach mir der Freiherr von den Kindern, die in dem Stück beschäftigt waren und die es sich jetzt schon nicht nehmen ließen, auch außerhalb der Probezeit in ihren zierlichen Kostümen unherzulaufen und auf dem Rasen zu spielen. Die Hauptrolle – so schrieb er weiter – sei nach einer Reihe von Zufälligkeiten an seinen Neffen, Herrn Franz von Umprecht, übergegangen, der – wie ich mich gewiß noch erinnere – im vorigen Jahre nur zweimal in lebenden Bildern mitgewirkt habe, der aber nun auch als Schauspieler ein überraschendes Talent erweise.

Ich reiste ab, war abends in Bozen und kam am Tage der Vorstellung im Schlosse an, wo mich der Freiherr und seine Frau freundlich empfingen. Auch andere Bekannte hatte ich zu begrüßen: den pensionierten Hofschauspieler, die Gräfin Saima mit Tochter, Herrn von Umprecht und seine schöne Frau; sowie die vierzehnjährige Tochter des Försters, die zu meinem Stücke den Prolog sprechen sollte. Für den Nachmittag wurde große Gesellschaft erwartet und abends bei der Vorstellung sollten mehr als hundert Zuschauer anwesend sein, nicht nur persönliche Gäste des Freiherrn, sondern auch Leute aus der Gegend ringsum, denen heute, wie schon öfter, der Zugang zu dem Bühnenplatz freistand. Überdies war diesmal auch ein kleines Orchester engagiert, aus Berufsmusikern einer Bozener Kapelle und einigen Dilettanten bestehend, die eine Ouvertüre von Weber und überdies eine Zwischenaktmusik exekutieren sollten, welch letztere der Freiherr selbst komponiert hatte.

Man war bei Tisch sehr heiter, nur Herr von Umprecht schien mir etwas stiller als die anderen. Anfangs hatte ich mich seiner kaum entsinnen können, und es fiel mir auf, daß er mich sehr oft, manchmal mit Sympathie, dann wieder etwas scheu ansah, ohne je das Wort an mich zu richten. Allmählich wurde mir der Ausdruck seines Gesichtes bekannter, und plötzlich erinnerte ich mich, daß er voriges Jahr in einem der lebenden Bilder mit aufgestützten Armen in Mönchstracht vor einem Schachbrett gesessen war. Ich fragte ihn, ob ich mich nicht irrte. Er wurde beinahe verlegen, als ich ihn ansprach; der Freiherr antwortete für ihn und machte dann eine lächelnde Bemerkung über das neuentdeckte schauspielerische Talent seines Neffen. Da lachte Herr von Umprecht in einer ziemlich sonderbaren Weise vor sich hin, dann warf er rasch einen Blick zu mir herüber, der eine Art von Einverständnis zwischen uns beiden auszudrücken schien und den ich mir durchaus nicht erklären konnte. Aber von diesem Augenblick an vermied er es wieder, mich anzusehen.

## II

Bald nach Tisch hatte ich mich auf mein Zimmer zurückgezogen. Da stand ich wieder am offenen Fenster, wie ich so oft im vorigen Jahre getan, und freute mich des anmutigen Blickes hinunter in das sonnenglänzende Tal, das, eng zu meinen Füßen, allmählich sich dehnte und in der Ferne sich völlig aufschloß, um Stadt und Fluren in sich aufzunehmen.
Nach einer kurzen Weile klopfte es. Herr von Umprecht trat ein, blieb an der Tür stehen und sagte mit einiger Befangenheit: »Ich bitte um Verzeihung, wenn ich Sie störe.« Dann trat er näher und fuhr fort: »Aber sobald Sie mir eine Viertelstunde Gehör geschenkt haben, davon bin ich überzeugt, werden Sie meinen Besuch für genügend entschuldigt halten.«
Ich lud Herrn von Umprecht zum Sitzen ein, er achtete nicht darauf, sondern fuhr mit Lebhaftigkeit fort: »Ich bin nämlich in der seltsamsten Art Ihr Schuldner geworden und fühle mich verpflichtet, Ihnen zu danken.«
Da mir natürlich nichts anderes beifallen konnte, als daß sich diese Worte des Herrn von Umprecht auf seine Rolle bezögen und sie mir allzuhöflich schienen, so versuchte ich abzuwehren. Doch Umprecht unterbrach mich sofort: »Sie können nicht wissen, wie meine Worte gemeint sind. Darf ich Sie bitten, mich anzuhören?« Er setzte sich auf das Fensterbrett, kreuzte die Beine, und, mit offenbarer Absichtlichkeit so ruhig

als möglich scheinend, begann er: »Ich bin jetzt Gutsbesitzer, wie Sie vielleicht wissen, bin aber früher Offizier gewesen. Und zu jener Zeit, vor zehn Jahren – *heute* vor zehn Jahren – begegnete mir das unbegreifliche Abenteuer, unter dessen Schatten ich gewissermaßen bis heute gelebt habe und das heute durch Sie ohne Ihr Wissen und Zutun seinen Abschluß findet. Zwischen uns beiden besteht nämlich ein dämonischer Zusammenhang, den Sie wahrscheinlich so wenig werden aufklären können wie ich; aber Sie sollen wenigstens von seinem Vorhandensein erfahren. – Mein Regiment lag damals in einem öden polnischen Nest. An Zerstreuungen gab es außer dem Dienst, der nicht immer anstrengend genug war, nur Trunk und Spiel. Überdies hatte man die Möglichkeit vor Augen, jahrelang hier festsitzen zu müssen, und nicht alle von uns verstanden es, ein Leben in dieser trostlosen Aussicht mit Fassung zu tragen. Einer meiner besten Freunde hat sich im dritten Monat unseres dortigen Aufenthaltes erschossen. Ein anderer Kamerad, früher der liebenswürdigste Offizier, fing plötzlich an, ein arger Trinker zu werden, wurde unmanierlich, aufbrausend, nahezu unzurechnungsfähig und hatte irgend einen Auftritt mit einem Advokaten, der ihn seine Charge kostete. Der Hauptmann meiner Kompanie war verheiratet und, ich weiß nicht, ob mit oder ohne Grund, so eifersüchtig, daß er seine Frau eines Tages zum Fenster hinunterwarf. Sie blieb rätselhafterweise heil und gesund; der Mann starb im Irrenhause. Einer unserer Kadetten, bis dahin ein sehr lieber, aber ausnehmend dummer Junge, bildete sich plötzlich ein, Philosophie zu verstehen, studierte Kant und Hegel und lernte ganze Partien aus deren Werken auswendig, wie Kinder die Fibel. Was mich anbelangt, so tat ich nichts als mich langweilen, und zwar in einer so ungeheuerlichen Weise, daß ich an manchen Nachmittagen, wenn ich auf meinem Bette lag, fürchtete, verrückt zu werden. Unsere Kaserne lag außerhalb des Dorfes, das aus höchstens dreißig verstreuten Hütten bestand; die nächste Stadt, eine gute Reitstunde entfernt, war schmierig, widerwärtig, stinkend und voll von Juden. Notgedrungen hatten wir manchmal mit ihnen zu tun – der Hotelier war ein Jude, der Cafetier, der Schuster desgleichen. Daß wir uns möglichst beleidigend gegen sie benahmen, das können Sie sich denken. Wir waren besonders gereizt gegen dieses Volk, weil ein Prinz, der unserem Regiment als Major zugeteilt war, den Gruß der Juden – ob nun aus Scherz oder aus Vorliebe, weiß ich nicht – mit ausgesuchter Höflichkeit erwiderte und überdies mit auffallender Absichtlichkeit unseren Regimentsarzt protegierte, der ganz offenbar von Juden abstammte. Das würde ich Ihnen natürlich nicht erzählen, wenn nicht diese Laune des Prinzen mich mit demjenigen Menschen zusammengeführt hätte, der in so geheimnisvoller Weise die Verbindung zwischen Ihnen und mir herzustellen berufen war. Es war ein Taschenspieler, und zwar der Sohn eines Branntweinjuden aus dem benachbarten polnischen Städtchen. Er war als junger Bursche in ein Geschäft nach Lemberg, dann nach Wien gekommen und hatte einmal irgend jemandem einige Kartenkunststücke abgelernt. Er bildete sich auf eigene Faust weiter aus, eignete sich allerlei andere Taschenspielereien an und brachte es allmählich so weit, daß er in der Welt umherziehen und sich auf Varietébühnen oder in Vereinen mit Erfolg produzieren konnte. Im Sommer kam er immer in seine Vaterstadt, um die Eltern zu besuchen. Dort trat er nie öffentlich auf, und so sah ich ihn zuerst auf der Straße, wo er mir durch seine Erscheinung augenblicklich auffiel. Er war ein kleiner, magerer, bartloser Mensch, der damals etwa dreißig Jahre alt sein mochte, mit einer vollkommen lächerlichen Eleganz gekleidet, die zur Jahreszeit gar nicht paßte: er spazierte in einem schwarzen Gehrock und mit gebügeltem Zylinder herum und trug Westen vom herrlichsten Brokat; bei starkem Sonnenschein hatte er einen dunklen Zwicker auf der Nase.

Einmal saßen wir unser fünfzehn oder sechzehn nach dem Abendessen im Kasino an unserem langen Tisch wie gewöhnlich. Es war eine schwüle Nacht, und die Fenster standen offen. Einige Kameraden hatten zu spielen begonnen, andere lehnten am Fenster und plauderten, wieder andere tranken und rauchten schweigend. Da trat der Korporal vom Tage ein und meldete die Ankunft des Taschenspielers. Wir waren zuerst einigermaßen erstaunt. Aber ohne weiteres abzuwarten, trat der Gemeldete in guter Haltung ein und sprach in leichtem Jargon einige einleitende Worte, mit denen er sich für die an ihn ergangene Einladung bedankte. Er wandte sich dabei an den Prinzen, der auf ihn zutrat und ihm – natürlich ausschließlich, um uns zu ärgern – die Hand schüttelte. Der Taschenspieler nahm das wie selbstverständlich hin und bemerkte dann, er werde zuerst einige Kartenkunststücke zeigen, um sich hierauf im Magnetismus und in der Chiromantie zu produzieren. Er hatte kaum zu Ende gesprochen, als einige unserer Herren, die in einer Ecke beim Kartenspiel saßen, merkten, daß ihnen die Figuren fehlten: auf einen Wink des Zauberers kamen sie aber durch das geöffnete Fenster hereingeflogen. Auch die Kunststücke, die er folgen ließ, unterhielten uns sehr und übertrafen so ziemlich alles, was ich auf diesem Gebiete gesehen hatte. Noch sonderbarer erschienen mir die magnetischen Experimente, die er dann vollführte. Nicht ohne Grauen sahen wir alle zu, wie der philosophische Kadett, in Schlaf versetzt, den Befehlen des Zauberers gehorchend, zuerst durchs offene Fenster sprang, die glatte Mauer bis zum Dach hinaufkletterte, oben knapp am Rand um das ganze Viereck herumeilte und sich dann in den Hof hinabgleiten ließ. Als er wieder unten stand, noch immer im schlafenden Zustand, sagte der Oberst zu dem Zauberer: »Sie, wenn er sich den Hals gebrochen hätte, ich versichere Sie, Sie wären nicht lebendig aus der Kaserne gekommen.« Nie werde ich den Blick voll Verachtung vergessen, mit dem der Jude diese Bemerkung wortlos erwiderte. Dann sagte er langsam: »Soll ich Ihnen aus der Hand lesen, Herr Oberst, wann *Sie* tot oder lebendig diese Kaserne verlassen werden?« Ich weiß nicht, was der Oberst oder wir anderen ihm auf diese verwegene Bemerkung sonst entgegnet hätten – aber die allgemeine Stimmung war schon so wirr und erregt, daß sich keiner wunderte, als der Oberst dem Taschenspieler die Hand hinreichte und, dessen Jargon nachahmend, sagte: »Nun, lesen Sie.« Dies alles ging im Hof vor sich, und der Kadett stand noch immer schlafend mit ausgestreckten Armen wie ein Gekreuzigter an der Wand. Der Zauberer hatte die Hand des Obersten ergriffen und studierte aufmerksam die Linien. »Siehst du genug, Jud?« fragte ein Oberleutnant, der ziemlich betrunken war. Der Gefragte sah sich flüchtig um und sagte ernst: »Mein Künstlername ist Marco Polo.« Der Prinz legte dem Juden die Hand auf die Schulter und sagte: »Mein Freund Marco Polo hat scharfe Augen.« – »Nun, was sehen Sie?« fragte der Oberst höflicher. »Muß ich reden?« fragte Marco Polo. »Wir können Sie nicht zwingen«, sagte der Prinz. »Reden Sie!« rief der Oberst. »Ich möcht' lieber nicht reden«, erwiderte Marco Polo. Der Oberst lachte laut. »Nur heraus, es wird nicht so arg sein. Und wenn es arg ist, muß es auch noch nicht wahr sein.« – »Es ist sehr arg«, sagte der Zauberer, »und wahr ist es auch.« Alle schwiegen. »Nun?« fragte der Oberst. »Von Kälte werden Sie nichts mehr zu leiden haben«, erwiderte Marco Polo. »Wie?« rief der Oberst aus, »kommt unser

Regiment also endlich nach Riva?« – »Vom Regiment les' ich nichts, Herr Oberst. Ich seh' nur, daß Sie im Herbst sein werden ein toter Mann.« Der Oberst lachte, aber alle anderen schwiegen; ich versichere Sie, uns allen war, als ob der Oberst in diesem Augenblick gezeichnet worden wäre. Plötzlich lachte irgend einer absichtlich laut, andere taten ihm nach, und lärmend und lustig ging es zurück ins Kasino. »Nun«, rief der Oberst, »mit mir wär's in Ordnung. Ist keiner von den anderen Herren neugierig?« Einer rief wie zum Scherz: »Nein, wir wünschen nichts zu erfahren.« Ein anderer fand plötzlich, daß man gegen diese Art, sich das Schicksal vorhersagen zu lassen, aus religiösen Gründen eingenommen sein müßte, und ein junger Leutnant erklärte heftig, man sollte Leute wie Marco Polo auf Lebenszeit einsperren. Den Prinzen sah ich mit einem unserer älteren Herren rauchend in einer Ecke stehen und hörte ihn sagen: »Wo fängt das Wunder an?« Indessen trat ich zu Marco Polo hin, der sich eben zum Fortgehen bereitete, und sagte zu ihm, ohne daß es jemand hörte. »Prophezeien Sie mir.« Er griff wie mechanisch nach meiner Hand. Dann sagte er: »Hier sieht man schlecht.« Ich merkte, daß die Öllampen zu flackern begonnen hatten und daß die Linien meiner Hand zu zittern schienen. »Kommen Sie hinaus, Herr Leutnant, in den Hof. Mir is lieber bei Mondschein.« Er hielt mich an der Hand, und ich folgte ihm durch die offene Tür ins Freie.

Mir kam plötzlich ein sonderbarer Gedanke. »Hören Sie, Marco Polo«, sagte ich, »wenn Sie nichts anderes können als das, was Sie eben an unserem Herrn Oberst gezeigt haben, dann lassen wir's lieber.« Ohne weiteres ließ der Zauberer meine Hand los und lächelte. »Der Herr Leutnant haben Angst.« Ich wandte mich rasch um, ob uns niemand gehört hätte; aber wir waren schon durch das Kasernentor geschritten und befanden uns auf der Landstraße, die der Stadt zu führte. »Ich wünsche etwas Bestimmtes zu wissen«, sagte ich, »das ist es. Worte lassen sich immer in verschiedener Weise auslegen.« Marco Polo sah mich an. »Was wünschen der Herr Leutnant? ... Vielleicht das Bild von der künftigen Gemahlin?« – »Könnten Sie das?« Marco Polo zuckte die Achseln. »Es könnte sein ... es wär' möglich ...« – »Aber das will ich nicht«, unterbrach ich ihn. »Ich möchte wissen, was später einmal, zum Beispiel in zehn Jahren, mit mir los sein wird.« Marco Polo schüttelte den Kopf. »Das kann ich nicht sagen ... aber was anderes kann ich vielleicht.« – »Was?« – »Irgend einen Augenblick, Herr Leutnant, aus Ihrem künftigen Leben könnte ich Ihnen zeigen wie ein Bild.« Ich verstand ihn nicht gleich. »Wie meinen Sie das?« – »So mein' ich das: ich kann einen Moment aus Ihrem künftigen Leben hineinzaubern in die Welt, mitten in die Gegend, wo wir gerade stehen.« – »Wie?« – »Der Herr Leutnant müssen mir nur sagen, was für einen.« Ich begriff ihn nicht ganz, aber ich war höchst gespannt. »Gut«, sagte ich, »wenn Sie das können, so will ich sehen, was heute in zehn Jahren in derselben Sekunde mit mir geschehen wird ... Verstehen Sie mich, Marco Polo?« – »Gewiß, Herr Leutnant«, sagte Marco Polo und sah mich starr an. Und schon war er fort ... aber auch die Kaserne war fort, die ich eben noch im Mondschein hatte glänzen sehen – fort die armen Hütten, die in der Ebene verstreut und mondbeglänzt gelegen waren – und ich sah mich selbst, wie man sich manchmal im Traume selber sieht ... sah mich um zehn Jahre gealtert, mit einem braunen Vollbart, eine Narbe auf der Stirn, auf einer Bahre hingestreckt, mitten auf einer Wiese – an meiner Seite kniend eine schöne Frau mit rotem Haar, die Hand vor dem Antlitz, einen Knaben und ein Mädchen neben mir, dunklen Wald im Hintergrund und zwei Jagdleute mit Fackeln in der Nähe ... Sie staunen – nicht wahr, Sie staunen?«

Ich staunte in der Tat, denn das was er mir hier schilderte, war genau das Bild, mit welchem mein Stück heute abend um zehn Uhr schließen und in dem er den sterbenden Helden spielen sollte. »Sie zweifeln«, fuhr Herr von Umprecht fort, »und ich bin fern davon, es Ihnen übelzunehmen. Aber mit Ihrem Zweifel soll es gleich ein Ende haben.«

Herr von Umprecht griff in seine Rocktasche und zog ein verschlossenes Kuvert heraus. »Bitte, sehen Sie, was auf der Rückseite steht.« Ich las laut: »Notariell verschlossen am 4. Januar 1859, zu öffnen am 9. September 1868.« Darunter stand die Namenszeichnung des mir persönlich wohlbekannten Notars Doktor Artiner in Wien.

»Das ist heute«, sagte Herr von Umprecht. »Und heute sind es eben zehn Jahre, daß mir das rätselhafte Abenteuer mit Marco Polo begegnete, das sich nun auf diese Weise löst, ohne sich aufzuklären. Denn von Jahr zu Jahr, als triebe ein launisches Schicksal sein Spiel mit mir, schwankten die Erfüllungsmöglichkeiten für jene Prophezeiung in der seltsamsten Weise, schienen manchmal zu drohender Wahrscheinlichkeit zu werden, verschwanden in nichts, wurden zu unerbittlicher Gewißheit, verflatterten, kamen wieder ... Aber lassen Sie mich nun zu meinem Berichte zurückkehren. Die Erscheinung selbst hatte gewiß nicht länger gedauert als einen Augenblick; denn noch klang von der Kaserne her das gleiche laute Auflachen des Oberleutnants an mein Ohr, das ich gehört hatte, ehe die Erscheinung aufgestiegen war. Und nun stand auch Marco Polo wieder vor mir, mit einem Lächeln um die Lippen, von dem ich nicht sagen kann, ob es schmerzlich oder höhnisch sein sollte, nahm den Zylinder ab, sagte: »Guten Abend, Herr Leutnant, ich hoffe, Sie sind zufrieden gewesen«, wandte sich um und ging langsam auf der Landstraße vorwärts in der Richtung der Stadt. Er ist übrigens am nächsten Tage abgereist.

Mein erster Gedanke, als ich der Kaserne wieder zuging, war, daß es sich um eine Geistererscheinung gehandelt haben mußte, die Marco Polo, vielleicht von einem unbekannten Gehilfen unterstützt, mittels irgend welcher Spiegelungen hervorzubringen imstande gewesen war. Als ich durch den Hof kam, sah ich zu meinem Entsetzen den Kadetten noch immer in der Stellung eines Gekreuzigten an der Mauer lehnen. Man hatte seiner offenbar vollkommen vergessen. Die anderen hörte ich drin in der höchsten Erregung reden und streiten. Ich packte den Kadetten beim Arm, er wachte sofort auf, war nicht im geringsten verwundert und konnte sich nur die Erregung nicht erklären, in welcher sich alle Herren des Regiments befanden. Ich selbst mischte mich gleich mit einer Art von Grimm in die aufgeregte, aber hohle Unterhaltung, die sich über die Seltsamkeiten, deren Zeugen wir gewesen, entwickelt hatte, und redete wohl nicht klüger als die anderen. Plötzlich schrie der Oberst: »Nun, meine Herren, ich wette, daß ich noch das nächste Frühjahr erlebe! Fünfundvierzig zu eins!« Und er wandte sich zu einem unserer Herren, einem Oberleutnant, der eines gewissen Rufes als Spieler und Wetter genoß. »Nichts zu machen?« Obzwar es klar war, daß der Angeredete der Versuchung schwer widerstand, so schien er es doch unziemlich zu finden, eine Wette auf den Tod seines Obersten mit diesem selbst abzuschließen, und so schwieg er lächelnd. Wahrscheinlich hat er es bedauert. Denn schon nach vierzehn Tagen, am zweiten Morgen der großen Kaisermanöver, stürzte unser Oberst vom Pferde und blieb auf der Stelle tot. Und bei dieser Gelegenheit merkten wir alle, daß wir es gar nicht anders erwartet hatten. Ich aber begann erst von jetzt an mit einer gewissen Unruhe an die nächtliche Prophezeiung zu denken, von der ich in einer sonderbaren Scheu niemandem Mitteilung gemacht hatte. Erst zu Weihnachten, anläßlich einer Urlaubsreise nach Wien, eröffnete ich mich einem Kameraden, einem gewissen Friedrich von Gulant – Sie haben vielleicht von ihm gehört, er hat hübsche Verse gemacht und ist sehr jung gestorben ... Nun, der war es, der mit mir zusammen das Schema entwarf, das Sie in diesem Umschlag eingeschlossen finden werden. Er war nämlich der Ansicht, daß solche Vorfälle für die Wissenschaft nich verlorengehen dürften, ob sich nun am Ende ihre Voraussetzungen als wahr oder falsch herausstellten. Mit ihm bin ich bei Doktor Artiner gewesen, vor dessen Augen das Schema in diesem Kuvert verschlossen wurde. In der Kanzlei des Notars war es bisher aufbewahrt, und gestern erst ist es, meinem Wunsche gemäß, mir zugestellt worden. Ich will es gestehen: der Ernst, mit dem Gulant die Sache behandelte, hatte mich anfangs ein wenig verstimmt; aber als ich ihn nicht mehr sah und besonders, als er kurz darauf starb, fing die ganze Geschichte an, mir sehr lächerlich vorzukommen. Vor allem war es mir klar, daß ich mein Schicksal vollkommen in der Hand hatte. Nichts in der Welt konnte mich dazu zwingen, am 9. September 1868, abends zehn Uhr, mit einem braunen Vollbart auf einer Bahre zu liegen; Wald- und Wiesenlandschaft konnte ich vermeiden, auch brauchte ich nicht eine Frau mit roten Haaren zu heiraten und Kinder zu bekommen. Das einzige, dem ich vielleicht nicht ausweichen konnte, war ein Unfall, etwa ein Duell, von dem mir die Narbe auf der Stirn zurückbleiben konnte. Ich war also fürs erste beruhigt. – Ein Jahr nach jener Weissagung heiratete ich Fräulein von Heimsal, meine jetzige Gattin; bald darauf quittierte ich den Dienst und widmete mich der Landwirtschaft. Ich besichtigte verschiedene kleinere Güter und – so komisch es klingen mag – ich achtete darauf, daß sich womöglich innerhalb dieser Besitzungen keine Partie zeigte, die dem Rasenplatz jenes Traumes (wie ich den Inhalt jener Erscheinung bei mir zu nennen liebte) gleichen könnte. Ich war schon daran, einen Kauf abzuschließen, als meine Frau eine Erbschaft machte, und uns dadurch eine Besitzung in Kärnten mit einer schönen Jagd zufiel. Beim ersten Durchwandern des neuen Gebietes gelangte ich zu einer Wiesenpartie, die, von Wald begrenzt und leicht gesenkt, mir in eigentümlicher Art der Örtlichkeit zu gleichen schien, vor der mich zu hüten ich vielleicht allen

Anlaß hatte. Ich erschrak ein wenig. Meiner Frau hatte ich von der Prophezeiung nichts erzählt; sie ist so abergläubisch, daß ich ihr mit meinem Geständnis gewiß das ganze Leben bis zum heutigen Tage« – er lächelte wie befreit – »vergiftet hätte. So konnte ich ihr natürlich auch meine Bedenken nicht mitteilen. Aber mich selbst beruhigte ich mit der Überlegung, daß ich ja keineswegs den September 1868 auf meinem Gute zubringen müßte. – Im Jahre 1860 wurde mir ein Knabe geboren. Schon in seinen ersten Lebensjahren glaubte ich, in seinen Zügen Ähnlichkeit mit den Zügen des Knaben aus dem Traume zu entdecken; bald schien sie sich zu verwischen, bald wieder sprach sie sich deutlicher aus – und heute darf ich mir ja selbst gestehen, daß der Knabe, der heute abend um zehn an meiner Bahre stehen wird, dem Knaben der Erscheinung aufs Haar gleicht. – Eine Tochter habe ich nicht. Da ereignete es sich vor drei Jahren, daß die verwitwete Schwester meiner Frau, die bisher in Amerika gelebt hatte, starb und ein Töchterchen hinterließ. Auf Bitten meiner Frau fuhr ich über das Meer, holte das Mädchen ab, um es bei uns im Hause aufzunehmen. Als ich es zum erstenmal erblickte, glaubte ich zu merken, daß es dem Mädchen aus dem Traume vollkommen gliche. Der Gedanke fuhr mir durch den Kopf, das Kind in dem fremden Lande bei fremden Leuten zu lassen. Natürlich wies ich diesen unedlen Einfall gleich wieder von mir, und wir nahmen das Kind in unserem Hause auf. Wieder beruhigte ich mich vollkommen, trotz der zunehmenden Ähnlichkeit der Kinder mit den Kindern jener prophetischen Erscheinung, denn ich bildete mir ein, daß die Erinnerung an die Kindergesichter des Traumes mich doch vielleicht trügen mochte. Mein Leben floß eine Zeitlang in vollkommener Ruhe hin. Ja, ich hatte beinahe aufgehört, an jenen sonderbaren Abend in dem polnischen Nest zu denken, als ich vor zwei Jahren durch eine neue Warnung des Schicksals in begreiflicher Weise erschüttert wurde. Ich hatte auf ein paar Monate verreisen müssen; als ich zurückkam, trat mir meine Frau mit roten Haaren entgegen, und ihre Ähnlichkeit mit der Frau des Traumes, deren Antlitz ich ja nicht gesehen hatte, schien mir vollständig. Ich fand es für gut, meinen Schrecken unter dem Ausdruck des Zornes zu verbergen; ja, ich wurde mit Absicht immer heftiger, denn plötzlich kam mir ein an Wahnsinn grenzender Einfall: wenn ich mich von meiner Frau und den Kindern trennte, so müßte ja all die Gefahr schwinden, und ich hätte das Schicksal zum Narren gehalten. Meine Frau weinte, sank wie gebrochen zu Boden, bat mich um Verzeihung und erklärte mir den Grund ihrer Veränderung. Vor einem Jahre, anläßlich einer Reise nach München, war ich in der Kunstausstellung von dem Bildnis einer rothaarigen Frau besonders entzückt gewesen, und meine Frau hatte schon damals den Plan gefaßt, sich bei irgendeiner Gelegenheit diesem Bildnis dadurch ähnlich zu machen, daß sie sich die Haare färben ließ. Ich beschwor sie natürlich, ihrem Haar möglichst bald die natürliche dunkle Farbe wieder zu verleihen, und als es geschehen war, schien alles wieder gut zu sein. Sah ich nicht deutlich, daß ich mein Schicksal nach wie vor in meiner Gewalt hatte? ... War nicht alles, was bisher geschehen, auf natürliche Weise zu erklären? ... Hatten nicht tausend andere Güter mit Wiesen und Wald und Frau und Kinder? ... Und das einzige, was vielleicht Abergläubische schrecken durfte, stand noch aus – bis zum heurigen Winter: die Narbe, die Sie nun doch auf meiner Stirne prangen sehen. Ich bin nicht mutlos – erlauben Sie mir, daß ich Ihnen das sage; ich habe mich als Offizier zweimal geschlagen und unter recht gefährlichen Bedingungen – auch vor acht Jahren, kurz nach meiner Verheiratung, als ich schon den Dienst verlassen hatte. Aber als ich im vorigen Jahre aus irgend einem lächerlichen Grund – wegen eines nicht ganz höflichen Grußes – von einem Herrn zur Rede gestellt wurde, habe ich es vorgezogen« – Herr von Umprecht errötete leicht – »mich zu entschuldigen. Die Sache wurde natürlich in ganz korrekter Weise erledigt, aber ich weiß ja doch ganz bestimmt, daß ich mich auch damals geschlagen hätte, wäre nicht plötzlich eine wahnwitzige Angst über mich gekommen, daß mein Gegner mir eine Wunde an der Stirn beibringen und dem Schicksal damit einen neuen Trumpf in die Hand spielen könnte ... Aber Sie sehen, es half mir nichts: die Narbe ist da. Und der Augenblick, in dem ich hier verwundet wurde, war vielleicht derjenige innerhalb der ganzen zehn Jahre, der mich am tiefsten zum Bewußtsein meiner Wehrlosigkeit brachte. Es war heuer im Winter gegen Abend; ich fuhr mit zwei oder drei anderen Personen, die mir vollkommen unbekannt waren, in der Eisenbahn zwischen Klagenfurt und Villach. Plötzlich klirrten die Fensterscheiben, und ich fühle einen Schmerz an der Stirn; zugleich höre ich, daß etwas Hartes zu Boden fällt; ich greife zuerst nach der schmerzenden Stelle – sie blutet; dann bücke ich mich rasch und hebe einen spitzen Stein vom Fußboden auf. Die Leute im Kupee

sind aufgefahren. »Ist was geschehen?« ruft einer. Man merkt, daß ich blute, und bemüht sich um mich. Ein Herr aber – ich seh' es ganz deutlich – ist in die Ecke wie zurückgesunken. In der nächsten Haltestelle bringt man Wasser, der Bahnarzt legt mir einen notdürftigen Verband an, aber ich fürchte natürlich nicht, daß ich an der Wunde sterben könnte: ich weiß ja, daß es eine Narbe werden muß. Ein Gespräch im Waggon hat sich entsponnen, man fragt sich, ob ein Attentat beabsichtigt war, ob es sich um einen gemeinen Bubenstreich handle; der Herr in der Ecke schweigt und starrt vor sich hin. In Villach steige ich aus. Plötzlich ist der Mann an meiner Seite und sagt: »Es galt mir.« Eh' ich antworten, ja nur mich besinnen kann, ist er verschwunden; ich habe nie erfahren können, wer es war. Ein Verfolgungswahnsinniger vielleicht ... vielleicht auch einer, der sich mit Recht verfolgt glaubte von einem beleidigten Gatten oder Bruder, und den ich möglicherweise gerettet habe, da eben mir die Narbe bestimmt war ... wer kann es wissen? ... Nach ein paar Wochen leuchtete sie auf meiner Stirn an derselben Stelle, wo ich sie in jenem Traume gesehen hatte. Und mir ward es immer klarer, daß ich mit irgend einer unbekannten höhnischen Macht in einem ungleichen Kampf begriffen war, und ich sah dem Tag, wo das Letzte in Erfüllung gehen sollte, mit wachsender Unruhe entgegen.
Im Frühling erhielten wir die Einladung meines Onkels. Ich war fest entschlossen, ihr nicht zu folgen, denn ohne daß mir ein deutliches Bild in Erinnerung gekommen wäre, schien es mir doch möglich, daß gerade auf seinem Gut hier die verruchte Stelle zu finden wäre. Meine Frau hätte aber eine Ablehnung nicht verstanden, und so entschloß ich mich doch, mit ihr und den Kindern schon Anfang Juli herzureisen, in der bestimmten Absicht, so bald als möglich das Schloß wieder zu verlassen und weiter in den Süden, nach Venedig oder an den Lido, zu gehen. An einem der ersten Tage unseres Aufenthaltes kam das Gespräch auf Ihr Stück, mein Onkel sprach von den kleinen Kinderrollen, die darin enthalten wären, und bat mich, meine Kleinen mitspielen zu lassen. Ich hatte nichts dagegen. Es war damals bestimmt, daß der Held von einem Berufsschauspieler dargestellt werden sollte. Nach einigen Tagen packte mich die Angst, daß ich gefährlich erkranken und nicht würde abreisen können. So erklärte ich denn eines Abends, daß ich am nächsten Tage das Schloß auf einige Zeit zu verlassen und Seebäder zu nehmen gedächte. Ich mußte versprechen,

Anfang September wieder zurück zu sein. Am selben Abend kam ein Brief des Schauspielers, der aus irgend welchen gleichgültigen Gründen dem Freiherrn seine Rolle zurückstellte. Mein Onkel war sehr ärgerlich. Er bat mich, das Stück zu lesen – vielleicht könnte ich ihm unter unseren Bekannten einen nennen, der geeignet wäre, die Rolle darzustellen. So nahm ich denn das Stück auf mein Zimmer mit und las es. Nun versuchen Sie sich vorzustellen, was in mir vorging, als ich zu dem Schlusse kam und hier Wort für Wort die Situation aufgezeichnet fand, die mir für den 9. September dieses Jahres prophezeit worden war. Ich konnte den Morgen nicht erwarten, um meinem Onkel zu sagen, daß ich die Rolle spielen wollte. Ich fürchtete, daß er Einwendungen machen könnte; denn seit ich das Stück gelesen, kam ich mir vor wie in sicherer Hut, und wenn mir die Möglichkeit entging, in Ihrem Stück zu spielen, so war ich wieder jener unbekannten Macht preisgegeben. Mein Onkel war gleich einverstanden, und von nun an nahm alles seinen einfachen und guten Gang. Wir probieren seit einigen Wochen Tag für Tag, ich habe die Situation, die mir heute bevorsteht, schon fünfzehn- oder zwanzigmal durchgemacht: ich liege auf der Bahre, die junge Komtesse Saima mit ihren schönen roten Haaren, die Hände vor dem Antlitz, kniet vor mir, und die Kinder stehen an meiner Seite.«
Während Herr von Umprecht diese Worte sprach, fielen meine Augen wieder auf das Kuvert, das noch immer versiegelt auf dem Tische lag. Herr von Umprecht lächelte. »Wahrhaftig, den Beweis bin ich Ihnen noch schuldig«, sagte er und öffnete die Siegel. Ein zusammengefaltetes Papier lag zutage. Umprecht entfaltete es und breitete es auf dem Tische aus. Vor mir lag ein vollkommener, wie von mir selbst entworfener Situationsplan zu der Schlußszene des Stückes, Hintergrund und Seiten waren schematisch aufgezeichnet und mit der Bezeichnung »Wald« versehen; ein Strich mit einer männlichen Figur war etwa in der Mitte des Planes eingetragen, darüber stand: »Bahre« ... Bei den anderen schematischen Figuren stand in kleinen Buchstaben mit roter Tinte zugeschrieben: »Frau mit rotem Haar«, »Knabe «, »Mädchen«, »Fackelträger«, »Mann mit erhobenen Händen«. Ich wandte mich zu Herrn von Umprecht: »Was bedeutet das: ›Mann mit erhobenen Händen‹?«
»Daran«, sagte Herr von Umprecht zögernd, »hätte ich nun

beinahe vergessen. Mit dieser Figur verhält es sich folgendermaßen: In jener Erscheinung gab es nämlich auch, von den Fackeln grell beleuchtet, einen alten, ganz kahlen Mann, glatt rasiert, mit einer Brille, einem dunkelgrünen Schal um den Hals, mit erhobenen Händen und weit aufgerissenen Augen.«
Diesmal stutzte ich.
Wir schwiegen eine Weile, dann fragte ich, seltsam beunruhigt: »Was vermuten Sie eigentlich? Wer sollte das sein?«
»Ich nehme an«, sagte Umprecht ruhig, »daß irgend einer von den Zuschauern, vielleicht aus der Dienerschaft des Onkels... oder einer von den Bauern am Schluß des Stückes in besondere Bewegung geraten und auf unsere Bühne stürzen könnte ... vielleicht aber will es das Schicksal, daß ein aus dem Irrenhause Entsprungener durch einen jener Zufälle, die mich wirklich nicht mehr überraschen, gerade in dem Augenblick, wo ich auf der Bahre liege, über die Bühne gerannt käme.«
Ich schüttelte den Kopf.
»Wie sagten Sie?... Kahl – Brille – ein grüner Schal...? – Nun erscheint mir die Sache noch seltsamer als früher. Die Gestalt des Mannes, den Sie damals gesehen, ist tatsächlich von mir in meinem Stück beabsichtigt gewesen, und ich habe darauf verzichtet. Es war der wahnsinnige Vater der Frau, von dem im ersten Akt die Rede ist, und der zum Schluß auf die Szene stürzen sollte.«
»Aber Schal und Brille?«
»Das hätte wohl der Schauspieler aus eigenem getan – glauben Sie nicht?«
»Es ist möglich.«
Wir wurden unterbrochen. Frau von Umprecht ließ ihren Gatten zu sich bitten, da sie ihn gerne vor der Vorstellung sprechen möchte, und er empfahl sich. Ich blieb noch eine Weile und betrachtete aufmerksam den Situationsplan, den Herr von Umprecht auf dem Tisch hatte liegen lassen.

## III

Bald trieb es mich zu dem Orte hin, an dem die Vorstellung stattfinden sollte. Er lag hinter dem Schlößchen, durch eine anmutige Gartenanlage davon geschieden. Dort, wo diese mit niederen Hecken abschloß, waren etwa zehn lange Bankreihen aus einfachem Holz aufgestellt; die vorderen Reihen waren mit dunkelrotem Teppichstoff bedeckt. Vor der ersten standen einige Notenpulte und Stühle; einen Vorhang gab es nicht. Die Trennung der Bühne von dem Zuschauerraum war durch zwei seitlich ragende hohe Tannenbäume angedeutet; rechts schloß sich wildes Gesträuch an, hinter dem ein bequemer Lehnstuhl, dem Zuschauer unsichtbar, für den Souffleur bestimmt, stand. Zur Linken lag der Platz frei und ließ den Blick ins Tal offen. Der Hintergrund der Szene war von hohen Bäumen gebildet; sie standen dicht aneinandergedrängt nur in der Mitte, und links schlichen schmale Wege aus dem Schatten hervor. Weiter drin im Wald, innerhalb einer kleinen künstlichen Lichtung, waren Tisch und Stühle aufgestellt, wo die Schauspieler ihrer Stichworte harren mochten. Für die Beleuchtung war gesorgt, indem man zur Seite der Bühne und des Zuschauerraumes kulissenartig hohe alte Kirchenleuchter mit riesigen Kerzen aufgerichtet hatte. Hinter dem Gesträuch zur Rechten war eine Art Requisitenraum im Freien; hier sah ich nebst anderem kleinern Gerät, das im Stück notwendig war, die Bahre stehen, auf der Herr von Umprecht am Schlusse des Stückes sterben sollte. – Als ich jetzt über die Wiese schritt, war sie von der Abendsonne mild überglänzt. ... Ich hatte natürlich über die Erzählung des Herrn von Umprecht nachgedacht. Nicht für unmöglich hielt ich es anfangs, daß Herr von Umprecht zu der Art von phantastischen Lügnern gehörte, die eine Mystifikation unter Schwierigkeiten von langer Hand vorbereiten, um sich interessant zu machen. Ich hielt es selbst für denkbar, daß die Unterschrift des Notars gefälscht war und daß Herr von Umprecht andre Leute eingeweiht hatte, um die Sache folgerecht durchzuführen. Besondere Bedenken stiegen mir über den vorläufig unbekannten Mann mit den erhobenen Händen auf, mit dem sich Umprecht wohl ins Einvernehmen gesetzt haben konnte. Aber meinen Zweifeln widersprach vor allem die Rolle, die dieser Mann in meinem ersten Plane gespielt, der niemandem bekannt sein konnte – und besonders der günstige Eindruck, den ich von der Person des Herrn von Umprecht gewonnen hatte. Und so unwahrscheinlich, ja so ungeheuerlich sein ganzer Bericht mir erschien – irgend etwas in mir verlangte sogar danach, ihm glauben zu dürfen; es mochte die törichte Eitelkeit sein, mich als Vollstrecker eines über uns waltenden Willens zu empfinden. – Indes hatte einige Bewegung in meiner Nähe angehoben; Diener kamen aus dem Schloß, Kerzen wurden angezündet, Leute aus der Umgebung, manche auch in bäurischer Kleidung, stiegen langsam den Hügel herauf und stellten sich bescheiden zu seiten der Bänke auf. Bald erschien die Frau des Hauses mit einigen Herren und Damen, die zwanglos Platz nahmen. Ich gesellte mich zu ihnen und plauderte mit Bekannten vom vorigen Jahr. Die Mitglieder des Orchesters waren erschienen und begaben sich auf ihre Plätze; die Zusammenstellung war ungewöhnlich genug; es waren zwei Violinen, ein Cello, eine Viola, ein Kontrabaß, eine Flöte und eine Oboe. Sie begannen sofort, offenbar verfrüht, eine Ouvertüre von Weber zu spielen. Ganz vorne, in der Nähe des Orchesters, stand ein alter Bauer, der glatzköpfig war und eine Art von dunklem Tuch um den Hals geschlungen hatte. Vielleicht war der vom Schicksal dazu bestimmt, dacht' ich, später eine Brille herauszunehmen, irrsinnig zu werden und auf die Szene zu laufen. Das Tageslicht war völlig dahin, die hohen Kerzen flackerten ein wenig, da sich ein leichter Wind erhoben hatte. Hinter dem Gesträuch wurde es lebendig, auf verborgenen Wegen waren die Mitwirkenden in die Nähe der Bühne gelangt. Jetzt erst dachte ich wieder an die anderen, die mitzuspielen hatten, und es fiel mir ein, daß ich noch niemanden außer Herrn von Umprecht, seinen Kindern und der Försterstochter gesehen hatte. Nun hörte ich die laute Stimme des Regisseurs und das Lachen der jungen Komtesse Saima. Die Bänke waren alle besetzt, der Freiherr saß in einer der vordersten Reihen und sprach mit der Gräfin Saima. Das Orchester fing an zu spielen, dann trat die Försterstochter vor und sprach den Prolog, der das Stück einleitete. Den Inhalt des Ganzen bildete das Schicksal eines Mannes, der, ergriffen von einer plötzlichen Sehnsucht nach Abenteuern und Fernen, die Seinen ohne Abschied verläßt und im Verlaufe eines Tages so viel Schmerzliches und Widriges erlebt, daß er wieder zurückzukehren gedenkt, ehe Frau und Kinder ihn vermißt haben; aber ein letztes Abenteuer auf dem Rückweg, nahe der Tür seines Hauses, hat seine Ermordung zur Folge, und nur mehr sterbend kann er die Verlassenen begrüßen, die seiner Flucht und seinem Tod als den unlösbarsten Rätseln gegenüberstehen.

Das Spiel hatte begonnen, Herren und Damen sprachen ihre Rollen angenehm; ich freute mich an der einfachen Darstellung der einfachen Vorgänge und dachte im Anfang nicht mehr an die Erzählung des Herrn von Umprecht. Nach dem ersten Akt spielte das Orchester wieder, aber niemand hörte darauf, so lebhaft war das Geplauder auf den Bänken. Ich selbst saß nicht, sondern stand, ungesehen von den anderen, der Bühne ziemlich nahe, auf der linken Seite, wo der Weg sich frei dem Tale zu senkte. Der zweite Akt begann; der Wind war etwas stärker geworden, und die flackernde Beleuchtung trug zu der Wirkung des Stückes nicht wenig bei. Wieder verschwanden die Darsteller im Wald, und das Orchester setzte ein. Da fiel mein Blick ganz zufällig auf den Flötisten, der eine Brille trug und glatt rasiert war; aber er hatte lange weiße Haare, und von einem Schal war nichts zu sehen. Das Orchesterspiel schloß, die Darsteller traten wieder auf die Szene. Da merkte ich, daß der Flötenspieler, der sein Instrument vor sich hin auf das Pult gelegt hatte, in seine Tasche griff, einen großen grünen Schal hervorzog und ihn um den Hals wickelte. Ich war im allerhöchsten Grade befremdet. In der nächsten Sekunde trat Herr von Umprecht auf; ich sah, wie sein Blick plötzlich auf dem Flötisten haften blieb, wie er den grünen Schal bemerkte und einen Augenblick stockte; aber rasch hatte er sich wieder gefaßt und sprach seine Rolle unbeirrt weiter. Ich fragte einen jungen, einfach gekleideten Burschen neben mir, ob er den Flötisten kenne, und erfuhr von ihm, daß jener ein Schullehrer aus Kaltern war. Das Spiel ging weiter, der Schluß nahte heran. Die zwei Kinder irrten, wie es vorgeschrieben war, über die Bühne, Lärm im Walde drang näher und näher, man hörte Schreien und Rufen; es machte sich nicht übel, daß der Wind stärker wurde und die Zweige sich bewegten; endlich trug man Herrn von Umprecht als sterbenden Abenteurer auf der Bahre herein. Die beiden Kinder stürzten herbei, die Fackelträger standen regungslos zur Seite. Die Frau trat später auf als die anderen, und mit angstvoll verzerrtem Blick sinkt sie an der Seite des Gemordeten nieder; dieser will die Lippen noch einmal öffnen, versucht, sich zu erheben, aber – wie es in der Rolle vorgeschrieben – es gelingt ihm nicht mehr. Da kommt mit einem Mal ein ungeheurer Windstoß, daß die Fackeln zu verlöschen drohen; ich sehe, wie einer im Orchester aufspringt – es ist der Flötenspieler – zu meinem Erstaunen ist er kahl, seine Perücke ist ihm davongeflogen; mit erhobenen Händen, den grünen flatternden Schal um den Hals, stürzt er der Bühne zu. Unwillkürlich richte ich mein Auge auf Umprecht; seine Blicke sind starr, wie verzückt auf den Mann gerichtet; er will etwas reden – er vermag es offenbar nicht – er sinkt zurück ...

Noch meinen viele, daß dies alles zum Stücke gehöre; ich selbst bin nicht sicher, wie dieses erneute Niedersinken zu deuten ist; indes ist der Mann an der Bahre vorüber, immer noch seiner Perücke nach, und verschwindet im Wald. Umprecht erhebt sich nicht; ein neuer Windstoß läßt eine der beiden Fackeln verlöschen; einige Menschen ganz vorne werden unruhig – ich höre die Stimme des Freiherrn: »Ruhe! Ruhe!« – es wird wieder stille – auch der Wind regt sich nicht mehr ... aber Umprecht bleibt ausgestreckt liegen, rührt sich nicht und bewegt nicht die Lippen. Die Komtesse Saima schreit auf – natürlich glauben die Leute, auch dies sei im Stücke so vorgeschrieben. Ich aber dränge mich durch die Menschen, stürze auf die Bühne, höre, wie es hinter mir unruhig wird – die Leute erheben sich, andere folgen mir, die Bahre ist umringt ... »Was gibt's, was ist geschehen?« ... Ich reiße einem Fackelträger seine Fackel aus der Hand, beleuchte das Antlitz des Liegenden ... Ich rüttle ihn, reiße ihm das Wams auf; indes ist der Arzt an meine Seite gelangt, er fühlt nach dem Herzen Umprechts, er greift seinen Puls, er wünscht, daß alles zur Seite trete, er flüstert dem Freiherrn ein paar Worte zu ... die Frau des Aufgebahrten hat sich hinaufgedrängt, sie schreit auf, wirft sich über ihren Mann, die Kinder stehen wie vernichtet da und können es nicht fassen ... Niemand will es glauben, was geschehen, und doch teilt es einer dem andern mit; – und eine Minute später weiß man es rings in der Runde, daß Herr von Umprecht auf der Bahre, auf der man ihn hineingetragen, plötzlich gestorben ist ...

Ich selbst bin am selben Abend noch ins Tal hinuntergeeilt, von Entsetzen geschüttelt. In einem sonderbaren Grauen habe ich mich nicht entschließen können, das Schloß wieder zu betreten. Den Freiherrn sprach ich am Tage darauf in Bozen; dort erzählte ich ihm die Geschichte Umprechts, wie sie mir von ihm selbst mitgeteilt worden war. Der Freiherr wollte sie nicht glauben, ich griff in meine Brieftasche und zeigte ihm das geheimnisvolle Blatt; er sah mich befremdet, ja angstvoll an und gab mir das Blatt zurück – es war weiß, unbeschrieben, unbezeichnet ...

Ich habe Versuche gemacht, Marco Polo aufzufinden; aber das einzige, was ich von ihm erfahren konnte, war, daß er vor drei Jahren zum letzten Mal in einem Hamburger Vergnügungsetablissement niederen Ranges aufgetreten ist.

Was aber unter allem diesem Unbegreiflichen das Unbegreiflichste bleibt, ist der Umstand, daß der Schullehrer, der damals seiner Perücke mit erhobenen Händen nachlief und im Walde verschwand, niemals wiedergesehen, ja daß nicht einmal sein Leichnam aufgefunden wurde.

NACHWORT DES HERAUSGEBERS

Den Verfasser des vorstehenden Berichtes habe ich persönlich nicht gekannt. Er war zu seiner Zeit ein ziemlich bekannter Schriftsteller, aber so gut wie verschollen, als er, kaum sechzig Jahre alt, vor etwa zehn Jahren starb. Sein gesamter Nachlaß ging, ohne besondere Bestimmung, an den in diesen Blättern genannten Meraner Jugendfreund über. Von diesem wieder, einem Arzt, mit dem ich mich anläßlich eines Aufenthaltes in Meran im vorigen Winter zuweilen über allerlei dunkle Fragen, insbesondere über Geisterseherei, Wirkung in die Ferne und Weissagekunst unterhalten hatte, wurde mir das hier abgedruckte Manuskript zur Veröffentlichung übergeben. Gern möchte ich dessen Inhalt für eine frei erfundene Erzählung halten, wenn nicht der Arzt, wie auch aus dem Bericht hervorgeht, der am Schluß geschilderten Theatervorstellung mit ihrem seltsamen Ausgang beigewohnt und den in so rätselhafter Weise verschwundenen Schullehrer persönlich gekannt hätte. Was aber den Zauberer Marco Polo anlangt, so erinnere ich mich noch sehr wohl, als ganz junger Mensch in einer Sommerfrische am Wörthersee seinen Namen auf einem Plakat gedruckt gesehen zu haben; er blieb mir im Gedächtnis, weil ich gerade zu dieser Zeit im Begriffe war, die Reisebeschreibung des berühmten Weltfahrers gleichen Namens zu lesen.

LUDWIG ANZENGRUBER

# Teufelsträume

Ein dichter Nebel lag über der großen Stadt London, seit frühem Morgen lag er darüber und war nicht müde geworden, wie sonst einer, der lange auf einer und derselben Stelle liegt, denn er hatte sich weder gerührt noch gedreht. Die Leute, welche ihren Geschäften nachgingen, mußten sich durch seine Schleier hindurch ihre Wege suchen, und da dies die alten, gewohnten waren, so war das eine allerdings noch zu leistende, wenn auch keine angenehme Arbeit, und es mag an solchen Tagen in der großen Stadt London wohl auch mehr geflucht als gebetet werden.

Es war, als hätte die Nixe der Themse ihr feuchtes Gewand zum Trocknen über die gewaltige Häusermasse gebreitet, und wenn dieser nasse Zauberschleier den beschäftigten Leuten schon ein wahrer Greuel war, um wieviel trostloser mußten sich jene in seinen weiten, grauen Falten befinden, die nichts zu tun hatten als – zu leben?! Eine Aufgabe, die allerdings mit einfachem Atemholen abgetan ist, aber doch sehr herabstimmend wirken kann, wenn alle durch diese Luftzufuhr funktionierenden Organe unaufhörlich dem Gehirne rapportieren: »Alles grau – nichts Neues!« Damit wird dem Menschen auch alles Alte so zuwider, daß er in jene Stimmung gerät, die man Langeweile nennt, und die nur der zu schätzen weiß, den sie schon einmal einen ganzen langen Tag über geplagt hat.

In einem der reichsten Stadtteile, inmitten einer schmalen, geraden Gasse, stand ein hübsches, einstöckiges Palais, die Gasflammen davor leuchteten matt wie Glühwürmchen, zwei mürrisch aussehende, steinerne Gesellen trugen den Torbogen, sie hatten sich zu dieser Arbeit aller Kleidungsstücke bis auf eine Art kurzen Schurzes entledigt, und obwohl sie also nicht einmal »in Hemdsärmeln« arbeiteten, gab ihnen doch der Niederschlag der feuchten Atmosphäre das Ansehen, als ob sie vor Anstrengung schwitzten; ebenso mürrisch und steinern, als wäre er der dritte im Bunde, stand in dem Hausflur der Portier, und man glaubte jeden Augenblick gewärtigen zu müssen, daß er seinen Pelzrock abwerfen und einen der Torbogenträger ablösen würde. Von dem Flur lief ein breiter Teppich die Treppe hinan und über die Gänge des ersten Stockwerks hinweg, dort lag eine große, graue Katze der Länge nach und streckte behaglich alle viere seitwärts von sich, sie schien offenbar diesen Komfort sehr zu würdigen, wenn sie auch sonst keine Augen hatte für all die Herrlichkeiten und Bequemlichkeiten in dem Hause des sehr ehrenwerten Lords Edward Knuddl.

Lord Edward Knuddl, aus einer sehr alten Familie, war noch ein junger Mann, wenn man ihm das auch nicht ansah. Er war, sozusagen, das Phlegma, das von allen vorangegangenen Knuddls zurückblieb, denn dieselben hatten immer nur in die Verwandtschaft geheiratet, und wenn sich die gleichen Eigenschaften, Tugenden und Leidenschaften durch Generationen immerfort in einem schon typisch gewordenen Organismus aussprechen und auswirken müssen, wenn dasselbe Blut Menschenalter um Menschenalter immer auf andere Adern abgezogen wird, dann verrauchen die seelischen Affekte, und das Blut steht ab. Alle Lebensmüdigkeit, die latent in den Adern der sämtlichen vorangegangenen Knuddls schlummerte, entband sich im Blute unseres Lords Edward.

Man hatte ihn zwar nach alter Sitte auf den Kontinent geschickt, aber schon die letzteren Knuddls erwähnen in ihren Reisetagebüchern nur mehr der Nachtlager, und der edle Edward verschlief die ganze Tour. Nach seiner Zurückkunft sollte der junge Lord auf Andringen einiger alter Verwandten den Versuch machen, das Blut der Knuddls zu erneuern und sich mit einer blühenden Krämerstochter verehelichen, denn die Verwandtschaft war ungeheuer nachsichtig geworden, vielleicht hatte sie Darwin gelesen; kurz, die dralle Krämerstochter fand sich von dem interessant bleichen Edward angezogen, sie war es zufrieden, und der edle Lord folgte seiner Pflicht und brachte es auch bis zur Hochzeit, von da ab betrachtete er seine Frau mit dem ganzen Wohlgefallen, das ihre schöne Erscheinung verdiente, und mit allem Feuer, dessen der letzte Knuddl fähig war, aber er verfiel darüber regelmäßig in bewundernde Apathie oder freundlichen Schlummer, je nach der Tageszeit. Lady Knuddl war nun eine sehr geduldige Seele, aber sie hielt etwas auf Pflichterfüllung, insonderheit wo dieselbe sich auch noch mit der Bestimmung des Weibes koalisierte, und da sie nun keine Aussicht hatte, an Lord Edwards Seite derselben gerecht zu werden, so trennte sich das Ehepaar nach kurzer Frist im schönsten Einvernehmen.

Lord Edward war also vereinsamt, aber das fühlte er nicht.

Seine Kontinentreise und seine Heirat waren veranlaßt durch seine Verwandten, und er fügte sich als echter Knuddl den Anforderungen, die man namens des Geschlechtes an ihn, den mannbaren Träger desselben, stellte. Doch hatten weder die Reise noch die Heirat bei ihm irgendwelche Konsequenzen. Seine Frau war empfindlicher als der Kontinent, oder vielleicht hatte es der letztere nicht notwendig, Lady Knuddl hatte mit der Scheidung ihren Kanal la Manche zwischen sich und ihrem Gemahl gezogen.
So finden wir denn unsern jungen Lord am Abend des obgedachten, nebligen Tages in einem Lehnstuhle, die Beine weit von sich gestreckt und die Hände in den Taschen der Beinkleider vergraben, am Feuer des Kamins sitzen, um sich von der Untätigkeit des Tages auszuruhen.
Ein Buch war ihm offenbar aus den Händen gesunken und lag in bedenklicher Nähe des Feuers; der Lord beachtete das aber nicht, denn er dachte gerade an gar nichts. Er war in der Lektüre nicht wählerisch, er las alles, was eben erschien und in den Zeitungen besprochen wurde, er ließ sich alle Wochen den Büchertisch mit Neuigkeiten belegen, das war sein Lesebüffet, von dem er bald hier ein Blättchen, bald dort ein Kapitel naschte, aber nie etwas durchlas.
Jetzt regte sich der Lord ein wenig, schob mit dem Fuße das Buch etwas zur Seite. Es war eine Abhandlung über die Symbolik der Träume, eine jener auf langjährige Beobachtung gestützten Schriften eines Professors, der, wie andere Philosophen, auch nur um seine Träume wußte.
Der Lord langte nach der Klingelschnur und schellte. Die Tür öffnete sich leise und sorgsam, und ohne Geräusch – als hätte sie das der Katze draußen abgelauscht – erschien eine lange, hagere Gestalt, die schweigend an der Schwelle verharrte, der Kammerdiener Seiner Lordschaft.
»Missis Powder!«
Der Lange an der Portiere knickte zusammen und verschwand lautlos, wie er gekommen.
Seine Lordschaft blieben, ohne sich zu rühren, in dem Lehnstuhle sitzen, und weil Derselben jetzt der Stumpf einer Zigarre nahe an den Lippen brannte, was Sie bisher mit wahrhaft stoischem Gleichmute ertrugen, so spuckten Dieselbe mit Grazie und großer Sicherheit den bedrohlichen Stummel in das Feuer des Kamins.
Etwas geräuschvoller als vorhin, denn es galt eine Dame einzu-

lassen, öffnete sich abermals die Tür, und Mrs. Powder, die Haushälterin, erschien vor Seiner Lordschaft; auch sie blieb erwartend an der Schwelle stehen.
Lord Edward wendete der Tür und somit auch der obgenannten Dame den Rücken zu, er gähnte. Nachdem er eine kleine Weile darauf hinter sich ein unterdrücktes Gähnen wie ein Echo hörte, sagte er, ohne Wendung des Kopfes, vor sich hin:
»Mrs. Powder?«
»Lord Knuddl?«
Seine Lordschaft wies nach einem in respektvoller Entfernung stehenden Stuhle, und Mrs. Powder gehorchte, sich setzend, dieser stummen Aufforderung.
»Langweilig«, sagte der Lord nach einer kleinen Pause, während welcher er annehmen konnte, daß die alte Dame Platz genommen habe, von welcher Tatsache ihn auch das Rauschen des über dem Schoße glatt gestrichenen Kleides unterrichten mochte.
»Langweilig.«
Mrs. Powder nickte mit dem Kopfe.
Edward sah das zwar nicht, da er nicht aufblickte, aber er schien das schweigend vorauszusetzen, so sehr war er der Übereinstimmung der Gefühle seiner Dienerschaft mit denen seines Inneren gewiß. Der Dienerschaft im allgemeinen mag es auch heute so ums Herz gewesen sein, ob aber auch der geplagtesten darunter, der alten Powder, das wollen wir dahingestellt sein lassen. Wahrscheinlich bezog sich jedoch die Zustimmung der alten Dame nur auf ihr Verständnis der Gemütsverfassung ihres Gebieters, von dem sie wohl voraussetzen konnte, es sei ihm zumute, wie er aussagte, denn seit unvordenklichen Zeiten hatte kein Knuddl gelogen, ohne Grund schon gar keiner. Das Lügen erfordert immer einen gewissen Aufwand geistiger Kraft, wenn es recht gelogen sein soll, und es liegt in der Natur begründet, daß sich seine Kraft ohne Wirkung ansetzt, das Resultat einer schlechten Lüge ist aber immer ein klägliches, und somit können wir wohl behaupten, die Knuddls hätten aus dem einen oder anderen Grunde nie gelogen.
Die alte Haushälterin also stimmte unbedingt bei, was Seine Lordschaft ebenso unbedingt voraussah, so daß er nach einer kurzen Unterbrechung – die wir oben zur Erhärtung der Wahrhaftigkeit der Knuddls nutzbringend anwandten – fortfuhr, indem er auf das Buch zu seinen Füßen deutete:

»Träume!«
»Schäume!« sagte Mrs. Powder, denn sie hielt den Ausspruch ihres Gebieters für ein wegwerfendes kritisches Urteil über das auf dem Boden liegende Machwerk, das wohl ein recht ausschweifendes Erzeugnis menschlicher Phantasie sein mochte, weil Seine Lordschaft »Träume« sagte, was sie durch obiges Reimwort zu bekräftigen bemüßigt schien.
Der Lord, also mißverstanden, wiegte unwillig sein Haupt, machte eine abwehrende Handbewegung gegen Mrs. Powder, als wollte er damit ihre »Schäume« aus der Reihe der gesprochenen Worte hinwegtilgen, und zeigte dann wiederholt gegen das Buch mit einer Bewegung des ausgestreckten Zeigefingers, als wollte er dessen Titel bis hinunter zum Verlagsorte unterstreichen; deutete dann gegen einen reich geschnitzten Wandschrank.
»Archiv!«
Frau Powder erhob sich eifrig, öffnete die Flügeltüren des Schranks und sah erwartend nach dem Lord.
»Korrespondenz und Aufzeichnungen des Lords Eginhard Knuddl, General in der britisch-indischen Armee, Stück Nr. 70.«
Nach dieser sprachlichen Anstrengung lehnte sich der Lord erschöpft zurück.
Die alte Dame hatte mittlerweile ein paar Blätter Papier zum Vorschein gebracht, aus denen jetzt eine kleine Metallplatte klirrend zu Boden fiel. Das Geräusch fuhr der Haushälterin durch alle Glieder, zitternd faßte sie das kleine ovale Blechschild, das mit sonderbaren Charakteren bedeckt war, und legte es mit einer Gebärde, mit der man sich unheimlicher Gegenstände entledigt, rasch auf ein nahes Tischchen, während sie zugleich einen flehenden Blick auf ihren Gebieter richtete, der übrigens durch keine Bewegung eine Überraschung über die sonderbare Beilage des Schriftstückes kundgab. Die Scheu der alten Dienerin, wie die Gleichgültigkeit Lord Edwards sind Umstände, die uns darauf schließen lassen, daß den beiden Personen der Inhalt dieser Archivnummer nicht fremd war, was wir auch sogleich bestätigt finden werden.
Mrs. Powder reichte sehr dringlich die Briefschaften dem Lord zu eigenem Gebrauche hin.
Derselbe wies sie aber mit entsprechender Gebärde, welche die Dienerin zugleich ihren früheren Sitz einnehmen hieß, zurück.

»Nach abgeschlagenem Angriffe« – – bezeichnete mit erhöhter Stimme der Lord die Stelle, von der er die Vorlesung des Schriftstückes begonnen wünschte.
Die alte Dame schien wohl die Absicht zu haben, dem Wunsche ihres Gebieters Folge zu leisten, aber sie drohte vorerst einem immer heftiger werdenden Hustenanfalle zu unterliegen.
Edward sah ungeduldig auf.
Die Haushälterin seufzte und las wie folgt:
»Nach abgeschlagenem Angriffe auf unser wohlbefestigtes Lager holten unsere Soldaten aus einem Gebüsche, wohin er sich verkrochen hatte, einen braunen...«
»Völlig nackten Hindukerl hervor«, ergänzte unerbittlich Seine Lordschaft.
Mrs. Powder schwieg, befühlte aber mit der freien linken Hand ihre Wangen, denn sie befürchtete zu brennen; nachdem sie sich von einer noch erträglichen Hitze dieser Hautfläche überzeugt hatte, fuhr sie fort:
»Sie hielten ihn der Spionage verdächtig, jedoch wohin hätte der Mensch Briefschaften verstecken, etwa einnähen sollen, da er...«
»Am ganzen Leibe keinen Faden hatte?« schaltete der Lord sehr phlegmatisch ein.
Die alte Dame duckte hier nur etwas mit dem Kopfe unter, als hätte sie die Absicht, bei wiederholten Angriffen auf ihre Schamhaftigkeit denselben unwiederbringlich in ihre Hände zu vergraben; sie fuhr jedoch für diesmal fort, ein Zeichen, daß wohl von seiten des Schriftstückes derlei nicht mehr zu befahren sei.
»Vor mich geführt, gab er sich für einen sogenannten Traummacher aus. Das dumme Volk hier glaubt nämlich, es ließe sich durch geheimnisvolle Künste möglich machen, im Schlafe nach Verlangen von Vergangenheit, Gegenwart und Zukunft oder sonst von einem beliebigen Gegenstande zu träumen, auch andere durch angezauberte Träume in Schreck oder Irrtum zu versetzen.
Ich habe natürlich diesen Kerl für das genommen, was er ist, für einen Betrüger, und seine felsenfeste Versicherung, im Besitze der traummachenden Mittel zu sein, für eine Prahlerei, die unumgänglich nötig ist für sein Metier, mit dem es denn doch nicht weit her sein mag, sonst hätte er sich wohl ein Paar Sandalen kaufen können. Obwohl ich nun nicht den geringsten Respekt vor seiner eingebildeten Macht besaß, so hatte ich

doch einen so großen Widerwillen gegen diesen Menschen, der seiner eigenen Angabe nach offenbar entweder ein Betrüger oder ein Narr sein mußte, daß ich ihn sogleich nach kurzem Verhöre ungehudelt ziehen ließ.

Den nächsten Tag brachen wir unsere Zelte ab und zogen weiter. Als wir haltmachten, wurde derselbe Mensch von gestern vor mich gebracht; er hatte sich bei den äußersten Vorposten gemeldet und verlangte mich zu sprechen.

Als er nun mit mir allein war, bedankte er sich in überschwenglichen Ausdrücken für die ihm gestern erwiesene milde Behandlung, zeigte sich aber zugleich höchst beleidigt durch meinen Unglauben an seine Traummacherei. Er vertraute mir, daß das Hauptwerk dieser Kunst darin bestünde, sogenannte ›Teufelsträume‹ zu machen, das heißt, dem Satane die Macht zu geben, eine Person träumen zu lassen, das wären also Träume, die nicht von Gott, sondern vom Gegenteil kommen und von so furchtbarer Art, daß sie plötzlichen Tod, Wahnsinn, zum mindesten Lebensüberdruß zur Folge haben; dazu genügt, dem betreffenden Schläfer unter das Kopfende eine kleine metallene bezauberte Platte zu legen.

Während dieser seiner Auseinandersetzung war der Narr über den Gedanken, ich könnte mich über diese furchtbare Macht, die er sich beilegte, noch nicht gehörig entsetzen, so in Ekstase geraten, daß er mir ein Blech, von angeblich solcher oben beschriebener Eigenschaft, vor die Füße warf, mit der Aufforderung, es selbst zu versuchen, wenn ich den Mut hätte! Für diese Frechheit ließ ich ihn mit fünfzig Hieben entlohnen, von denen er wohl nicht geträumt hatte, denn sie überraschten ihn vollständig, indes nahm er sie mit vielem Anstande entgegen, verließ auch unser Lager, solange er uns in Sicht blieb, in gemessener Haltung; nur etwas später fanden ihn unsere Vorposten in einem Straßengraben zusammengekauert liegen, welche Stellung wohl nicht der Ausdruck besonderen Behagens gewesen sein mag.

Ich selbst habe das Teufelsblech zwar nie unter mein Kopfpolster geschoben, aber ich habe nacheinander meine sämtliche Dienerschaft, vom alten, dicken John bis zum elendesten Hindukerl, der mir das Fußbad zurichtet, darauf schlafen lassen, ohne den Tag darauf eine besondere Veränderung an den Leuten wahrgenommen zu haben. Der alte John behauptete zwar, er hätte eine sehr unruhige Nach gehabt, da ihm träumte, sein verstorbenes Weib sei wieder lebendig geworden, aber das helle Tageslicht und die mit ihm einleuchtende Gewißheit, daß die gute Mary bei Devonshire begraben liegt, verhalfen ihm sogleich zu seinem alten Frohmute. Die anderen verspürten gar nichts, denn was sie nach dem Aufstehen von besonderer Mattigkeit faselten, so kennt man schon die Kniffe dieser faulen Hunde, besonders der braunen Hinduschelme.

Das sonderbare Blechschild aber schließe ich hiermit als Kuriosität bei.«

Hier tippte der Lord mit dem Schüreisen, dessen er sich zur Verlängerung seines Armes bediente, auf das Blatt in den Händen der Vorleserin, welche darauf sofort schwieg.

»Gut«, sagte der Lord.

Mrs. Powder beeilte sich aufzustehen und gegen den Wandschrank zu schreiten, um das Schriftstück wieder einzureihen.

Der Lord mochte bei dem Geräusche hinter seinem Rücken diese Absicht merken und sagte mit großer Bestimmtheit im Tone: »Selbst!« So daß nicht mißzuverstehen war, daß Seine Lordschaft in höchsteigener Person sich dieser Mühewaltung zu unterziehen gedächten.

Mrs. Powder neigte verwundert ihr Haupt und legte die Papiere neben die kleine Metallplatte, welche auf dem Tischchen liegengeblieben war.

»Gute Nacht, Mrs. Powder!«

»Gut Nacht, Lord Knuddl!«

Die Türe schloß sich hinter der Haushälterin, der Lord war allein.

Indem er sich ganz behaglich in seinem Lehnstuhle zurechtrükken wollte, griff er mit der Rechten hinter sich, denn lange war es ihm schon, als stieße da etwas mit scharfen Kanten wider ihn. Er brachte ein Buch in Steifleinen-Einband zum Vorscheine. Es enthielt eine Beschreibung der Nordpolfahrt des unglücklichen Franklin, nebst haarsträubenden Schilderungen des Elendes, dem er samt seinen Gefährten erlegen.

Edward hatte es durchblättert, aber alle diese furchtbare Not und Bedrängnis wäre ihm ganz unverständlich geblieben, hätte ihm nicht die Phantasie den Streich gespielt, sich mit seinem Herzen und mit seiner Eitelkeit zu verbinden und ihn, den sehr ehrenwerten Lord Knuddl, selbst nach dem Nordpole zu entführen, damit er dort helfend einschreite und alles nach seinen besseren Einsichten leite und zu gedeihlichem Ende

führe. Kaum aber hatte ihn diese schillernde Versucherin dort, so änderte sie ihr einschmeichelndes Wesen, ging mit dem Verstande eine Ehe auf kurze Zeit ein und zeugte mit ihm lauter unangenehme Bilder und Gedanken.
Der arme Lord fand sich so hilfsbedürftig wie die letzten der Schiffsbemannung, und Komfort und Geld, mit denen er überall auszulangen gedachte, versagten in dieser Zone allen ihren Zauber. Die schwimmenden Eisinseln wollten sich nicht wohnlich einrichten lassen und die Bestien des arktischen Meeres hatten kein Verständnis für die fiktiven Werte, um welche die Krone der Schöpfung alles erstand und erkaufte.
Aller angeborenen Vorzüge und aller ererbten Reichtümer ledig, fühlte sich plötzlich unser »Reisender im Geiste« durch die Destillierkunst des gemeinsamen Elends zu einem schwachen unvollkommenen Organismus rektifiziert, der auf den poetischen Namen Knuddl hörte und keine weitere Aussicht hatte, als mit den vielen anderen in Compagnie zu hungern und zu frieren. Eine derartig unangenehme Perspektive, daß der Lord ihren Greueln dadurch ein Ende machte, daß er das fatale Buch zur Seite schob.
Nun es ihm zum zweitenmal in die Hände fiel, war er zu sehr auf seiner Hut, um es wieder aufzublättern und sich von seinen grausigen Schilderungen fesseln zu lassen; er warf es hinüber auf den Stuhl, den früher Mrs. Powder eingenommen.
Lord Knuddl hatte kein hartes Herz dem menschlichen Elend gegenüber, aber vor dem übermenschlichen schloß er gerne die Augen, wie alle Leute, die eben ruhig und behaglich dahinleben wollen, und hier hatte ihn sogar seine eigene Phantasie in Mitleidenschaft zu ziehen versucht!
Er wandte seine Augen von dem Stuhle ab, auf welchem der verhängnisvolle Band lag, und sah in die verglimmenden Kohlen des Kamins.
Da lag es schwarz und wieder grau unter der Asche, und einzelne Spitzen glänzten und gleißten, als wären es Spitzen der Eisberge, die unter der Mitternachtssonne des Nordpols aufleuchteten.
Der Lord seufzte.
Was ist das Leben und was ist das für ein Tummelplatz, auf welchem die Geschöpfe im Sonnenbrande und frostigen Eise vergehen?!
Seine Lordschaft stellte diese tiefsinnige Frage, die schon viele vor ihm getan hatten und nach ihm noch tun werden, wartete

jedoch keine Antwort darauf ab, sondern kehrte dem Feuer und dem bewußten Stuhle den Rücken zu, indem er nach der Klingelschnur langte.

Der lange Kammerdiener schlich wieder in das Gemach, entkleidete seinen Herrn, löschte die Lichter aus und schlüpfte mit einem ehrerbietigen »Gute Nacht, mein Lord!« durch die halbgeöffnete Türe hinaus.

Lord Edward hatte sich auf sein weiches Lager gestreckt, jetzt hob er sich langsam mit dem halben Leibe empor und blieb eine Zeitlang aufrecht im Bette sitzen, er sah in dem dunklen Zimmer um sich, ein Lichtstreif stahl sich von der Straße durch die Vorhänge des Fensters herein, fiel quer über das Tischchen, was das ovale Blechschild lebhaft leuchten machte. Edward regte sich unruhig, zögernd setzte er den Fuß auf den Teppich, schritt auf den leuchtenden Punkt zu, faßte den Talisman, kehrte bedächtig zurück und schob ihn mit einer raschen Handbewegung unter seine Polster.

Die Papiere, die eben auf dem Tischchen gelegen hatten, fielen raschelnd zu Boden, dann war alles stille im Gemache. Die Uhr ging wie auf weichen Rädern, lautlos. Da erstarb der Lichtstreif. Dunkel und Ruhe ringsum in den weiten Räumen. Der Kammerdiener schlief, Mrs. Powder schlief, der Portier in seiner Stube schlief, nur die große, graue Katze schlich noch durch die Gänge, und die Torbogenträger hielten unermüdet die nervigen, steinernen Arme über ihre struppigen Köpfe empor, damit nicht über Nacht berste und zusammenbreche die ganze Herrlichkeit des Hauses des sehr ehrenwerten Lords Edward Knuddl!

Im Anfange war Nacht – tiefe, arktische Nacht.

Und auf einer Scholle saß – Edward und fror bis in die Seele.

Und da zuckte es auf, es ward Licht! Aber nicht freundliche Sonnenhelle; blutiger Nordlichtschein spannte sich – ein gewaltiger, feuriger Bogen aus blitzenden, zuckenden Strahlenbündeln – über das flimmernde, flirrende Eis. Und Edward raffte sich auf und taumelte ein paar Schritte vor und sah bei diesem grausigen Lichte vom Nordpole weit über die Erde hin und tief in den Äther des Weltenraumes hinein.

Und die Erde war ein großes Schiff, die hohen Berge mit ihren dichten Wäldern, das waren die Masten und die Segel – Sturm und Wind fegten über das Deck, und das waren die Wellen und Wogen des Äthermeeres.

Das Fahrzeug schoß in schwindelnder Hast dahin, und die

Menschen wußten, es galt eine Reise. Wurden sie doch aneinander gedrängt und mußten sich den Fleck erstreiten, wo einer verbleiben konnte und kaum die Hälfte der Arbeit, die er sich vorgesetzt, zu Ende brachte vor Gewirre und Gedränge, so beengte sie Raum und Zeit. Ja, es galt eine Reise, aber sie verstarben darüber, und war keiner, der Land gesehen hatte.

Dort an einem riesigen Eisblocke lehnte ein Mann in weitem Mantel, die Faust, die das Fernrohr umspannte, an die Brust gedrückt, sein weißes Haar und sein schneeiger Bart wehten in langen Flechten hinter ihm, und er starrte hinaus in den Raum, der vor der Erde lag und den sie auf ihrer Bahn durchschnitt, und sein heißer, verlangender Blick aus den dunkeln tiefliegenden Augen verlor sich suchend in dem unendlichen Äther.

Das war der Kapitän des Schiffes.

Und dort am Nordpole war ein gewaltiges Steuer angebracht, an dem ein greiser, nerviger Geselle mit kurzem, grauem Haare und breitem, eckigem Gesichte stand, der gleichmütig, aber mit riesiger Kraft das Ruder handhabte. Seine dichten Brauen zuckten oft so sonderbar, wenn er das Auge in überlegener Schlauheit zusammenkniff, aber sein Mund blieb breit und unverändert; er wandte nach solchen Augenblicken häufig sein Gesicht nach dem Kapitän zurück, als wollte er sich vergewissern, daß ihn derselbe nicht beobachtet habe, aber der blickte unverwandt hinaus in den Raum; dann hob der Steuermann unmerklich die Achseln und faßte mechanisch wieder nach dem Rade.

»Sir«, fragte der Lord, der fröstelnd zu dem Manne mit dem Fernglase herangeschlichen war, »Sir, habt die Güte mir zu sagen, wohin steuern wir?«

Der Kapitän wendete sein Auge nicht ab von der Richtung, welche das Schiff nahm, und sagte: »Nach Gott!«

»Nun«, sprach aufatmend der Lord, »dann segelt Ihr diesen Weg nicht zum erstenmal. Wenn nicht alle Ahnungen und Offenbarungen, die dem Menschengeschlechte seit Anbeginn der Welt geworden sind, trügen, so wissen wir den Kurs!«

»Ahnungen und Offenbarungen sind nur Versuche mit dem Senkblei«, sagte der Kapitän. »Keines aller jener rüstigen Fahrzeuge«, er neigte das Fernrohr leicht gegen den sternbesäten Himmel, »die da mit uns einhersegeln, weiß den Kurs; einige sind früher ausgesegelt als wir, wir fahren schon an die sechstausend Jahre, und noch ist nichts in Sicht.«

»Und keine Anzeichen – –?«

Der Kapitän unterbrach den Sprecher durch eine ungeduldige Bewegung, indem er das Fernglas vors Auge brachte. »Keine!« Dann setzte er in milderem Tone hinzu: »Aber das nächste Jahrtausend kann sie bringen, es wird sie bringen! Wir tun jeder unsere Pflicht!«

Edward ging von seiner Seite hinweg und wandte sich flüsternd an den Steuermann:

»Wir segeln nach Gott aus!«

»Ja, ohne Kurs und schon an die sechstausend Jahre«, sagte der am Steuer.

»Und alle die, die über der Reise verstarben, alle die Gestorbenen, die Gewesenen?!«

»Die sind über Bord!«

Dem Lord zog eine tödliche Kälte durch das Herz, und mit bebender Lippe begann er: »Und all dieses Weh und dieses tiefe schmerzliche Sehnen und alle Arbeit, auch die sich an das Höchste setzte, verweht ohne Spur und ohne Dank; was uns im engen Schiffsraume begegnet, das allein ist unser Leben?! – Sei es! Aber sagt mir, kommt endlich ein Tag, ein großer, froher, heiliger Tag, wo das überlebende Geschlecht im Angesichte des Zieles selig Anker wirft?!«

»Schöne Worte das«, sagte der Steuermann, indem seine Brauen zuckten. »Habt Ihr die von ihm?« Er blickte nach dem Kapitän. »Sechstausend Jahre sieht er nun schon die nämlichen Narren auf den nämlichen Bahnen mit uns lavieren, aber es hat ihn noch nicht klug gemacht, und ihr, Menschenkinder, vergeßt ihr's denn, daß man euch schon in der Schule gesagt hat: Wir segeln im Kreise?!«

Im Kreise – –

Da schien die Sonne ins Gemach, zu Häupten des Bettes erglänzten die aufgehangenen Waffen, Edward öffnete die Augen, dann langte er nach einer Pistole.

»Über Bord«, sagte er.

Ein Schuß schreckte die Dienerschaft des Hauses und die Bewohner der schmalen, geraden Gasse auf; wie aus einem aufgestörten Ameisenhaufen wimmelte es nach und aus dem Palais. Das war erst ein ratloses Durcheinanderrennen, dann aber löste sich der Knäuel, und als die Mittagssonne über der großen Stadt London lag, da hastete es durch die schmale, gerade Gasse, wie sonst an einem anderen Tage; nur die schwarz verhangenen Fenster, die vom Schlafgemache des Lords herniedersahen, fielen dem einen oder dem anderen auf, und wenn sich der eine die Zeit nehmen mochte zu fragen, so konnte er von dem anderen, der sich Zeit genommen hatte, dort stehen zu bleiben, erfahren, daß sich der sehr ehrenwerte Lord Edward Knuddl aus unbekannter Ursache den Tod gegeben!

# Der Kardinal Napellus

Wir wußten nicht viel mehr von ihm außer seinem Namen: Hieronymus Radspieller, als daß er jahraus, jahrein in dem zerfallenen Schlosse lebte und von dem Besitzer, einem weißhaarigen, mürrischen Basken – dem hinterbliebenen Diener und Erben eines in Trübsinn und Einsamkeit verwelkten Adelsgeschlechtes – ein Stockwerk für sich allein gemietet und mit kostbarem, altertümlichem Hausrat wohnbar gemacht hatte.

Ein greller phantastischer Gegensatz, wenn man eintrat in diese Räume aus der wegverwachsenen Wildnis draußen, in der nie ein Vogel sang und alles vom Leben verlassen schien, wenn nicht hin und wieder die morschen, wirrbärtigen Eiben schreckerfüllt aufächzten unter der Wucht des Föhns, oder der grünschwarze See wie ein in den Himmel starrendes Auge die weißen, ziehenden Wolken spiegelte.

Fast den ganzen Tag war Hieronymus Radspieller in seinem Boot und ließ ein funkelndes Metall-Ei an langen, feinen Seidenfäden hinab in die stillen Wasser – ein Lot, um die Tiefen des Sees zu ergründen.

Er wird wohl in Diensten einer geographischen Gesellschaft stehen, mutmaßten wir, wenn wir von unseren Angelfahrten heimgekehrt des Abends noch ein paar Stunden in dem Bibliothekzimmer Radspiellers beisammensaßen, das er uns gastfreundlich zur Verfügung gestellt hatte.

»Ich habe heute von der alten Botenfrau, die die Briefe über den Bergpaß trägt, zufällig erfahren, daß die Rede geht, er solle in seiner Jugend ein Mönch gewesen sein und habe sich Nacht für Nacht blutig gegeißelt – sein Rücken und seine Arme seien über und über mit Narben bedeckt«, mischte sich Mr. Finch ins Gespräch, als sich wieder einmal der Austausch der Gedanken um Hieronymus Radspieller drehte –, »übrigens, wo er heute nur so lange bleibt? Es muß längst 11 Uhr vorbei sein.«

»Es ist Vollmond«, sagte Giovanni Braccesco und deutete mit seiner welken Hand durch das offene Fenster hinaus auf den flimmernden Lichtweg, der quer über dem See lag; »wir werden sein Boot leicht sehen können, wenn wir Ausschau halten.«

Dann, nach einer Weile, hörten wir Schritte die Treppe heraufkommen; aber es war nur der Botaniker Eshcuid, der da, so spät von seinen Streifzügen heimgekommen, zu uns ins Zimmer trat.
Er trug eine mannshohe Pflanze in der Hand mit stahlblau glänzenden Blüten.
»Es ist weitaus das größte Exemplar dieser Gattung, das jemals gefunden wurde; ich hätte nie geglaubt, daß der giftige ›Sturmhut‹ noch in solchen Höhen wächst«, sagte er klanglos, nachdem er uns einen Gruß zugenickt, und legte die Pflanze mit umständlicher Sorgfalt, damit ihr kein Blatt geknickt werde, auf das Fensterbrett.
»Es geht ihm wie uns«, kroch es mir durch den Sinn, und ich hatte die Empfindung, daß Mr. Finch und Giovanni Braccesco in diesem Momente dasselbe dachten, »er wandert ruhelos als alter Mann über die Erde, wie einer, der sein Grab suchen muß und nicht finden kann, sammelt Pflanzen, die morgen verdorrt sind; wozu? warum? Er denkt nicht nach darüber. Er weiß, daß sein Tun zwecklos ist, wie wir es von dem unsrigen wissen, aber ihn wird wohl auch die traurige Erkenntnis zermürbt haben, daß *alles* zwecklos ist, was man beginnt, ob es groß scheint oder klein –, so wie sie uns andern zermürbt hat ein Menschenleben lang. Wir sind von Jugend an wie die Sterbenden«, fühlte ich, »deren Finger unruhig über die Bettdecke tasten; die nicht wissen, wonach sie greifen sollen, wie Sterbende, die einsehen: der Tod steht im Zimmer, was kümmert es ihn, ob wir die Hände falten oder die Fäuste ballen.«
»Wohin reisen Sie, wenn die Zeit zum Fischen hier vorüber ist?« fragte der Botaniker, nachdem er abermals nach seiner Pflanze gesehen und sich dann langsam zu uns an den Tisch gesetzt hatte.
Mr. Finch fuhr sich durch sein weißes Haar, spielte, ohne aufzublicken, mit einem Angelhaken und zuckte müde die Achseln.
»Ich weiß es nicht«, antwortete nach einer Pause Giovanni Braccesco zerstreut, als sei die Frage an ihn gerichtet gewesen.
Wohl eine Stunde verrann in bleierner, wortloser Stille, daß ich das Rauschen des Blutes in meinem Kopfe hören konnte.
Endlich tauchte das fahle, bartlose Gesicht Radspiellers im Türrahmen auf.
Seine Miene schien gelassen und greisenhaft wie immer und

seine Hand ruhig, als er sich ein Glas Wein einschenkte und uns zutrank, aber es war eine ungewohnte Stimmung voll verhaltener Erregtheit mit ihm hereingekommen, die sich bald auf uns übertrug.

Seine sonst müden und teilnahmslosen Augen, die die Eigentümlichkeit hatten, daß sich wie bei Rückenmarkskranken ihre Pupillen niemals zusammenzogen oder ausdehnten und scheinbar auf Licht nicht reagierten – sie glichen grauen, mattseidenen Westenknöpfen mit einem schwarzen Punkt darin, wie Mr. Finch zu behaupten pflegte –, suchten heute fiebrig flackernd im Zimmer umher, glitten die Wände entlang und über die Bücherreihen hin, unschlüssig, woran sie haften bleiben sollten.

Giovanni Braccesco brach ein Gesprächsthema vom Zaun und erzählte von unsern seltsamen Methoden, die uralten, moosbewachsenen Riesenwelse zu fangen, die in ewiger Nacht da unten leben in den unergründlichen Tiefen des Sees, nie mehr heraufkommen ans Tageslicht und jede Lockspeise, die die Natur bietet, verschmähen –, nur nach den bizarrsten Formen schnappen, die der Angler ersinnen kann: nach gleißendem Silberblech, geformt wie Menschenhände, die an der Schnur taumelnde Bewegungen im Wasser machen, oder nach Fledermäusen aus rotem Glas mit tückisch verborgenen Haken an den Flügeln.

Hieronymus Radspieller hörte nicht hin.

Ich sah ihm an, daß sein Geist wanderte.

Plötzlich brach er los, wie jemand, der ein gefährliches Geheimnis hinter verbissenen Zähnen jahrelang gehütet hat und es dann in einer Sekunde unvermittelt, mit einem Aufschrei, von sich wirft: »Heute endlich – ist mein Senkblei auf Grund gestoßen.«

Wir starrten ihn verständnislos an.

Ich war so gefangen genommen von dem fremdartig zitternden Ton, der aus seinen Worten geklungen hatte, daß ich eine Weile lang nur halb erfaßte, wie er den Vorgang der Tiefseemessung erklärte: es gäbe da unten in den Abgründen – viele tausend Faden tief – kreisende Wasserwirbel, die jedes Lot verbliesen, es schwebend erhielten und den Boden nicht erreichen ließen, wenn nicht ein günstiger Zufall zu Hilfe käme.

Dann wieder stieg aus seiner Rede gleich einer Rakete triumphierend ein Satz empor: »Es ist die tiefste Stelle auf Erden, zu der je ein menschliches Instrument gedrungen ist«, und die

Worte brannten sich schreckhaft in mein Bewußtsein ein, ohne daß ich die Ursache dafür finden konnte. Ein gespenstischer Doppelsinn lag in ihnen, so, als hätte ein Unsichtbarer hinter ihm gestanden und in verhüllten Symbolen aus seinem Munde zu mir gesprochen.

Ich konnte den Blick nicht wenden von Radspiellers Gesicht; wie war es mit einemmal so schemenhaft und unwirklich geworden! Wenn ich eine Sekunde die Augen schloß, sah ich es von blauen Flämmchen umzuckt; – »die Sankt Elmsfeuer des Todes«, drängte es sich mir auf die Zunge, und ich mußte gewaltsam die Lippen geschlossen halten, um es nicht laut herauszuschreien.

Traumhaft zogen durch mein Hirn Stellen aus Büchern, die Radspieller geschrieben und die ich gelesen in müßigen Stunden, voll Staunen über seine Gelehrsamkeit, Stellen sengenden Hasses gegen Religion, Glaube und Hoffnung und alles, was in der Bibel von Verheißung spricht.

Es ist der Rückschlag, der seine Seele nach der heißen Askese einer inbrunstgequälten Jugend aus dem Reich der Sehnsucht herab auf die Erde geschleudert hat – begriff ich dumpf: der Pendelschwung des Schicksals, der den Menschen vom Licht in den Schatten trägt.

Mit Gewalt riß ich mich aus dem lähmenden Halbschlaf, der meine Sinne überfallen hatte, und zwang mich, der Erzählung Radspiellers zuzuhören, deren Beginn wie ein fernes, unverständliches Murmeln noch in mir nachhallte.

Er hielt das kupferne Senklot in der Hand, drehte es hin und her, daß es aufblitzte gleich einem Geschmeide im Lichtschein der Lampe und sprach dabei:

»Sie als leidenschaftliche Angler nennen es schon ein erregendes Gefühl, wenn Sie an dem plötzlichen Zucken Ihrer doch nur 200 Ellen langen Schnur spüren, daß sich ein großer Fisch gefangen hat, daß gleich darauf ein grünes Ungetüm emporsteigen wird an die Oberfläche und das Wasser zu Gischt zerpeitscht. Denken Sie sich dieses Gefühl vertausendfacht, und Sie werden vielleicht verstehen, was in mir vorging, als dieses Stück Metall hier mir endlich meldete: ich bin auf Grund gestoßen. Mir war, als hätte meine Hand an eine Pforte geklopft. – Es ist das Ende einer Arbeit von Jahrzehnten«, setzte er leise für sich hinzu, und es klang eine Bangigkeit aus seiner Stimme: »Was – was werde ich morgen tun?!«

»Es bedeutet nichts Geringes für die Wissenschaft, den tiefsten

Punkt unserer Erdschichte ausgelotet zu haben«, warf der Botaniker Eshcuid hin.

»Wissenschaft – für die Wissenschaft!« wiederholte Radspieller geistesabwesend und blickte uns der Reihe nach fragend an. »Was kümmert mich die Wissenschaft!« fuhr es ihm endlich heraus.

Dann stand er hastig auf.

Ging ein paarmal im Zimmer hin und her.

»Ihnen ist die Wissenschaft ebenso Nebensache wie mir, Professor«, wandte er sich mit einem Ruck, fast schroff, an Eshcuid. »Nennen Sie es doch beim Namen: die Wissenschaft ist uns nur ein Vorwand, um etwas zu tun, irgend etwas, gleichgültig was; das Leben, das furchtbare, entsetzliche Leben hat uns die Seele verdorrt, unser eigenstes innerstes Ich gestohlen, und, um nicht immerwährend aufschreien zu müssen in unserm Jammer, jagen wir kindischen Marotten nach – um zu vergessen, was wir verloren haben. Nur, um zu vergessen. Belügen wir uns doch nicht selbst!«

Wir schwiegen.

»Aber es liegt noch ein anderer Sinn darin«, – eine wilde Unruhe kam plötzlich über ihn, – »in unseren Marotten, meine ich. Ich bin so ganz, ganz allmählich dahintergekommen: ein feiner geistiger Instinkt sagt mir, jede Tat, die wir vollbringen, hat einen magischen doppelten Sinn. Wir *können* gar nichts tun, was *nicht* magisch wäre. – Ich weiß ganz genau, *weshalb* ich gelotet habe fast ein halbes Leben lang. Ich weiß auch, was es zu bedeuten hat, daß ich doch – und doch – und doch auf Grund stieß und mich durch eine lange, feine Schnur mitten durch alle Wirbel hindurch mit einem Reich verbunden habe, wohin kein Strahl dieser verhaßten Sonne mehr dringen kann, deren Wonne darin besteht, ihre Kinder verdursten zu lassen. Es ist nur ein *äußeres* belangloses Geschehnis, das sich heute vollzog, aber jemand, der sehen und deuten kann, der erkennt schon im formlosen Schatten an der Wand, wer vor die Lampe getreten ist«; – er lächelte mich grimmig an, »ich will's Ihnen kurz sagen, was mir dieses äußere Geschehnis *innerlich* bedeutet: ich habe erreicht, was ich gesucht habe, – ich bin hinfort gefeit gegen die Giftschlangen des Glaubens und der Hoffnung, die nur im Licht leben können, ich hab's an dem Ruck gespürt, den es mir im Herzen gab, als ich heute meinen Willen durchgesetzt und mit dem Senkblei den Grund des Sees berührt habe. Ein belangloses äußeres Geschehen hat sein inneres Gesicht gezeigt.«

»Ist Ihnen denn so Schweres zugestoßen im Leben – in der Zeit – ich meine, als Sie Geistlicher waren?« fragte Mr. Finch, »daß Ihre Seele so wund ist?« setzte er leise für sich hinzu.

Radspieller gab keine Antwort und schien ein Bild zu sehen, das vor ihm auftauchen mochte; dann setzte er sich wieder an den Tisch, blickte unbeweglich in das Mondlicht zum Fenster hin und erzählte wie ein Somnambuler, fast ohne Atem zu holen:

»Ich war niemals Geistlicher, aber schon in meiner Jugend hat mich ein finsterer, übermächtiger Trieb von den Dingen dieser Erde weggezogen. Ich habe Stunden erlebt, wo sich das Gesicht der Natur vor meinen Augen in eine grinsende Teufelsfratze verwandelt hat und mir Berge, Landschaft, Wasser und Himmel, sogar mein eigener Leib, als unerbittliche Kerkermauern erschienen sind. Wohl kein Kind empfindet etwas dabei, wenn sich der Schatten einer über die Sonne ziehenden Wolke auf eine Wiese senkt, mich hat schon damals ein lähmendes Entsetzen befallen, und ich blickte, als hätte mir eine Hand mit einem Ruck eine Binde von den Augen gerissen, tief hinein in die heimliche Welt voll Todesqual der Millionen winziger Lebewesen, die sich, verborgen unter den Halmen und Wurzeln der Gräser, im stummen Haß zerfleischten.

Vielleicht war's erbliche Belastung – mein Vater starb im Religionswahnsinn –, daß ich die Erde bald nur mehr wie eine einzige bluterfüllte Mördergrube sah.

Allmählich wurde mein ganzes Leben zur immerwährenden Folter seelischen Verdurstens. Ich konnte nicht mehr schlafen, nicht mehr denken, und Tag und Nacht, ohne stillzustehen, zuckten und bebten meine Lippen und formten mechanisch den Satz des Gebetes: ›Erlöse uns von dem Übel‹, bis ich vor Schwäche das Bewußtsein verlor.

In den Tälern, wo ich zu Hause bin, gibt es eine religiöse Sekte, die man die ›Blauen Brüder‹ nennt, deren Anhänger, wenn sie ihr Ende nahen fühlen, sich lebendig begraben lassen. Heute noch steht ihr Kloster dort, über dem Eingangstor das steinerne Wappenschild: eine Giftpflanze mit fünf blauen Blütenblättern, deren oberstes einer Mönchskapuze gleicht: – das Aconitum napellus, der ›blaue Sturmhut‹.

Ich war ein junger Mann, als ich mich in diese Orden flüchtete, und fast ein Greis, als ich ihn verließ.

Hinter den Klostermauern liegt ein Garten, darin blüht im Sommer ein Beet voll von jenem blauen Todeskraut, und die

Mönche begießen es mit dem Blut, das aus ihren Geißelwunden fließt. Jeder hat, wenn er Bruder der Gemeinschaft wird, eine solche Blume zu pflanzen, die dann, wie in der Taufe, seinen eigenen christlichen Namen erhält.
Die meinige hieß Hieronymus und hat mein *Blut* getrunken, indes ich selbst verschmachtete in jahrelangem vergeblichem Flehen um das Wunder, daß der ›Unsichtbare Gärtner‹ die Wurzeln meines Lebens auch nur mit einem Tropfen *Wasser* begösse.
Der symbolische Sinn dieser seltsamen Zeremonie der Bluttaufe ist, daß der Mensch seine Seele magisch einpflanzen soll in den Garten des Paradieses und ihr Wachstum düngen mit dem Blut seiner Wünsche.
Auf dem Totenhügel des Gründers dieser asketischen Sekte, des sagenhaften Kardinals Napellus, sagt die Legende, schoß in einer einzigen Vollmondnacht in Mannshöhe ein solcher ›blauer Sturmhut‹ auf – über und über mit Blüten bedeckt – und als man das Grab öffnete, war die Leiche darin verschwunden. Es heißt, daß sich der Heilige in die Pflanze verwandelt hat, und von ihr, als der ersten, die damals auf Erden erschien, sollen alle übrigen stammen.
Wenn die Blumen im Herbst verdorrten, sammelten wir ihre giftigen Samenkeime, die kleinen menschlichen Herzen gleichen und nach der geheimen Überlieferung der Blauen Brüder das ›Senfkorn‹ des Glaubens vorstellen, von dem geschrieben steht, daß Berge versetzen könne, wer es hat, – – und aßen davon.
So, wie ihr furchtbares Gift das Herz verändert und den Menschen in den Zustand zwischen Leben und Sterben bringt, so sollte die Essenz des Glaubens unser Blut verwandeln, – zur wunderwirkenden Kraft werden in den Stunden zwischen nagender Todespein und ekstatischer Verzückung.
Aber ich tastete mit dem Senkblei meiner Erkenntnis noch tiefer hinab in diese wunderlichen Gleichnisse, ich tat noch einen Schritt weiter und sah der Frage ins Gesicht: Was wird mit meinem Blut geschehen, wenn es endlich geschwängert ist von dem Gift der blauen Blume? Und da wurden die Dinge rings um mich lebendig, selbst die Steine am Wege schrien mir zu mit tausend Stimmen: Wieder und wieder, wenn der Frühling kommt, wird es ausgegossen werden, auf daß ein neues Giftkraut sprossen kann, das deinen eigenen Namen trägt.
Und in jener Stunde hatte ich dem Vampir, den ich bis dahin

gefüttert, die Maske abgerissen, und ein unauslöschlicher Haß ergriff von mir Besitz. Ich ging hinaus in den Garten und stampfte die Pflanze, die mir meinen Namen Hieronymus gestohlen und sich an meinem Leben gemästet hatte, in die Erde, bis keine Faser mehr sichtbar war.

Von da an erschien mein Weg besät mit wunderbaren Ereignissen.

Noch in derselben Nacht trat eine Vision vor mich: der Kardinal Napellus, in der Hand – mit der Fingerstellung eines Menschen, der eine brennende Kerze trägt – das blaue Akonit mit den fünfblättrigen Blüten. Seine Züge waren die einer Leiche, nur aus seinen Augen strahlte ein unzerstörbares Leben.

Ich glaubte mein eigenes Antlitz vor mir zu sehen, so glich er mir, und ich fuhr in unwillkürlichem Schrecken nach meinem Gesicht, wie jemand, dem eine Explosion den Arm abgerissen hat, mit der anderen Hand nach der Wunde fahren mag.

Dann schlich ich mich ins Refektorium und erbrach in wildem Haß den Schrein, der die Reliquien des Heiligen enthalten sollte, um sie zu zerstören.

Ich fand nur diesen Globus, den Sie dort in der Nische stehen sehen.«

Radspieller erhob sich, holte ihn herab, stellte ihn vor uns auf den Tisch und fuhr in seiner Erzählung fort: »Ich habe ihn mit mir genommen auf meiner Flucht aus dem Kloster, um ihn zu zerschlagen und damit das einzige, was greifbar und zurückgeblieben ist von dem Gründer jener Sekte, zu vernichten.

Später überlegte ich mir, daß ich der Reliquie mehr Verachtung antäte, wenn ich sie verkaufte und das Geld einer Dirne schenkte. Ich führte es aus, als sich mir die erste Gelegenheit dazu bot.

Seitdem sind viele Jahre vorübergegangen, aber ich habe keine Minute verstreichen lassen, den unsichtbaren Wurzeln jenes Krautes nachzuspüren, an denen die Menschheit krankt, und sie aus meinem Herzen zu tilgen. Ich habe vorhin gesagt, daß von der Stunde an, da ich zur Klarheit erwachte, ein ›Wunder‹ nach dem anderen meinen Pfad kreuzte, doch ich bin fest geblieben: kein Irrlicht mehr hat mich in den Sumpf gelockt.

Als ich anfing, Altertümer zu sammeln – alles was Sie hier im Zimmer sehen, stammt aus jener Zeit –, war so manches darunter, das mich an die dunkeln Riten gnostischen Ursprungs gemahnte und an das Jahrhundert der Kamisarden; selbst der Saphirring hier an meinem Finger – er trägt seltsamerweise als Wappen einen Sturmhut, das Emblem der blauen Mönche –, kam zufällig, als ich den Vorrat eines Tabulettkrämers durchstöberte, in meine Hände: es hat mich nicht einen Augenblick erschüttern können. Und als mir eines Tages ein Freund den Globus hier – denselben Globus, den ich aus dem Kloster geraubt und verkauft hatte, die Reliquie des Kardinals Napellus –, als Geschenk ins Haus schickte, mußte ich hell auflachen, als ich ihn wiedererkannte, über diese kindische Drohung eines albernen Schicksals.

Nein, hier herauf zu mir in die klare, dünne Luft der Firnenwelt soll das Gift des Glaubens und der Hoffnung nicht mehr dringen, in diesen Höhen kann der blaue Sturmhut nicht gedeihen. An mir ist der Spruch in einem neuen Sinn zur Wahrheit geworden: Wer in die Tiefe forschen will, muß auf die Berge steigen.

Darum gehe ich nie wieder hinunter in die Niederungen. Ich bin genesen; und wenn die Wunder aller Engelswelten mir in den Schoß fielen, ich würfe sie von mir wie verächtlichen Tand. Soll das Akonit eine giftige Arznei bleiben für die Siechen am Herzen und die Schwachen in den Tälern, – ich will hier oben leben und sterben im Angesicht des starren diamantnen Gesetzes unwandelbarer Naturnotwendigkeiten, das kein dämonischer Spuk durchbrechen kann. Ich werde weiter loten und loten, ohne Ziel, ohne Sehnsucht, froh wie ein Kind, das sich genügen läßt am Spiel und noch nicht verpestet ist an der Lüge: das Leben hätte einen tieferen Zweck,– – werde loten und loten, – aber, so oft ich auf Grund stoße, wird's mir wie ein Jubelruf klingen: es ist immer wieder nur die Erde, die ich berühre, und nichts als die Erde, – dieselbe stolze Erde, die das heuchlerische Licht der Sonne kalt zurückwirft in den Weltraum, die Erde, die sich außen und innen getreu bleibt, so wie dieser Globus, das letzte jämmerliche Erbstück des großen Herrn Kardinals Napellus, dummes Holz ist und bleibt, außen und innen.

Und jedesmal wird's mir der Rachen des Sees von neuem verkünden: wohl wachsen auf der Kruste der Erde, von der Sonne gezeugt, entsetzliche Gifte, doch ihr Inneres, ihre Schluchten und Abgründe, sind frei davon, und die Tiefe ist rein.« – Radspiellers Gesicht bekam hektische Flecken vor Erregung, und durch seine emphatische Rede ging ein Riß; sei verbissener Haß brach los. »Wenn ich einen Wunsch frei hätte«, – er ballte die Fäuste –, »ich möchte mit meinem Senkblei bis in den Mittelpunkt der Erde loten dürfen, um es hinausschreien zu können: Siehe hier, siehe da: Erde, nichts als Erde!«

Wir blickten erstaunt auf, da er plötzlich schwieg.

Er war ans Fenster getreten.

Der Botaniker Eshcuid zog seine Lupe hervor, beugte sich über den Globus und sagte laut, um den peinlichen Eindruck zu verwischen, den Radspiellers letzte Worte in uns erweckt hatten:

»Die Reliquie muß eine Fälschung sein und noch aus unserm Jahrhundert stammen; die fünf Erdteile« – er deutete auf Amerika – »sind auf dem Globus alle vollzählig verzeichnet.«

So nüchtern und alltäglich auch der Satz klang, er konnte die gepreßte Stimmung nicht durchbrechen, die sich unser zu bemächtigen begann ohne faßbaren Grund und von Sekunde zu Sekunde anwuchs bis zu drohendem Angstgefühl.

Plötzlich schien ein süßer, betäubender Geruch wie von Faulbaum oder Seidelbast das Zimmer zu erfüllen.

»Er weht aus dem Park herüber«, wollte ich sagen, aber Eshcuid kam meinem krampfhaften Versuch, den Alp abzuschütteln, zuvor. Er stach mit einer Nadel in den Globus und murmelte etwas wie: es sei seltsam, daß sogar unser See, ein so winziger Punkt, auf der Karte stünde, – da wachte Radspiellers Stimme am Fenster wieder auf und fuhr mit schrillem Hohn dazwischen:

»Warum verfolgt's mich denn jetzt nicht mehr, – wie früher im Träumen und im Wachen, – das Bild Seiner Eminenz des großen Herrn Kardinals Napellus? Im Codex Nazaräus – dem Buch der gnostischen Mönche, geschrieben um 200 vor Christus – steht doch prophezeit für den Neophyten: ›Wer die mystische Pflanze begießet bis zum Ende mit seinem Blute, den wird sie geleiten treulich an die Pforte des ewigen Lebens; wer sie aber ausreißt, dem Frevler wird sie ins Angesicht schauen als der Tod, und sein Geist wird hinaus in die Finsternis wandern, bis der neue Frühling kommt!‹ Wo sind sie hin, die Worte? Sind sie gestorben? Ich sage: eine Verheißung von Jahrtausenden ist an mir zerschellt. Warum kommt er denn nicht, daß ich ihm ins Antlitz speien kann, dem Kardinal Nap– –« ein japsendes Röcheln riß Radspieller die letzte Silbe vom Munde, ich sah, daß er die blaue Pflanze erblickt hatte, die der Botaniker abends bei seinem Eintritt aufs Fensterbrett gelegt, und sie anstarrte. Ich wollte aufspringen. Zu ihm eilen.

Ein Ausruf Giovannis Braccescos hielt mich zurück:
Unter der Nadel Eshcuids hatte sich die vergilbte pergamentene Rinde des Globus abgelöst, so wie von einer überreifen Frucht die Schale springt, und nackt vor uns lag eine große gleißende Kugel aus Glas.
Und darinnen – wundersames Kunstwerk, eingeschmolzen auf unbegreifliche Weise, aufrechtstehend, die Gestalt eines Kardinals in Mantel und Hut, in der Hand, mit der Fingerstellung eines Menschen, der eine brennende Kerze trägt: eine Staude mit stahlblauen fünfblättrigen Blüten.

Kaum vermochte ich, gelähmt von Entsetzen, meinen Kopf nach Radspieller zu wenden.
Mit weißen Lippen, die Züge leichenhaft, stand er dort an der Wand – aufrecht, unbeweglich wie die Statuette in der gläsernen Kugel –, so wie sie in der Hand die blaue giftige Blume, und starrte auf den Tisch herüber in das Gesicht des Kardinals.
Nur der Glanz seiner Augen verriet, daß er noch lebte; wir andern aber begriffen, daß sein Geist auf Nimmerwiederkehr versunken war in der Nacht des Irrsinns.

Eshcuid, Mr. Finch, Giovanni Braccesco und ich schieden am nächsten Morgen voneinander; wortlos, fast ohne Gruß: die letzten bangen Stunden der Nacht waren zu beredt für jeden von uns gewesen, als daß es unsere Zungen nicht hätte in Bann legen sollen.
Lange bin ich noch planlos und einsam über die Erde gewandert, doch keinem von ihnen bin ich je wieder begegnet.
Ein einziges Mal nach vielen Jahren hat mich mein Weg in jene Gegend geführt: von dem Schlosse ragten nur mehr die Mauern, aber zwischen dem verfallenen Gestein sproßten mannshoch auf im sengenden, grellen Sonnenbrand, Staude an Staude, ein unabsehbares stahlblaues Beet:

das Aconitum napellus

# Die Kleinodien des Tormento

Mit einem heftigen Ruck hielt die Droschke vor einem großen, vornehmen Hause. Der junge Arzt stieg eilig aus und lief am Pförtner vorbei die breite Treppe hinauf. Im ersten Stock, in der halbgeöffneten Wohnungstür, wartete der Diener, der ihn soeben telephonisch aus dem Kaffeehaus gerufen hatte. Auf dem kleinen Messingschild stand der Name: Jerome Kerdac.

Der Diener schloß sofort die Tür hinter dem Eingetretenen, nahm ihm Hut und Mantel ab und schob ihn mit zitternden Händen in ein großes, halbdunkles Zimmer; der Hebel klappte – helles Licht strahlte von einem venetianischen Glaslüster aus.

Dr. Klaar schritt auf das breite Bett zu, in dem der Kranke lag. Im Licht kreiste noch eine dünne Wolke bläulichen Pulverdampfes. Es roch nach versengtem Leinen. Des Doktors Fuß stieß an einen harten Gegenstand – es war der Revolver, mit dem Kerdac sich angeschossen hatte.

Der Mann im Bett hielt die Augen geschlossen. Sein weißes Gesicht war mager und unbeweglich und er atmete ganz schwach. Der Arzt beugte sich über ihn und hob die emporgezogene Bettdecke. Unter der linken Brust war der Revolver angesetzt worden. Ein rundes, kleines Loch mit dunklen Rändern, ein paar feine Blutspritzer auf dem Hemd neben den verkohlten Stellen, die den Kugelriß im Hemd umgaben, das war alles. Vorsichtig glitt des Arztes Hand über den Rücken des Bewußtlosen. Die Kugel befand sich noch im Körper. Das Herz schien verletzt zu sein. Viel war jedenfalls nicht mehr zu machen.

Dr. Klaar ließ sich noch einmal kurz unterrichten. Der Diener sprach schluckend und stotternd; er hatte sich von seinem Schreck offenbar noch nicht erholt. Sein Herr sei schon seit einiger Zeit hochgradig erregbar und melancholisch gewesen; ohne eigentlich krank zu sein, wollte er oft wochenlang das Bett nicht verlassen, auch habe er Tage hindurch keine Nahrung zu sich genommen. Manchmal hätte er, wie es schien, Fieber gehabt, irre geredet und Schreckbilder gesehen, die ihn bedrohten. Besonders nachts hätte er häufig laut gestöhnt und aufgeschrien, so daß er, der Diener, mehrmals zu Tode erschrocken ins Zimmer geeilt wäre, um seinem Herrn beizustehen. Der Herr habe ihm aber solches stets sehr barsch untersagt und ein für allemal verboten, nachts bei ihm einzutreten, wenn nicht geklingelt würde. Heute habe der Herr einen besonders schlimmen Tag gehabt, sehr viel geächzt und gejammert und keinen Bissen gegessen. Um halb sechs Uhr abends hätte er geläutet und ihn mit einem Einkauf beauftragt, für den beiläufig eine Stunde erforderlich war. Er wäre aber mit seiner Arbeit nicht gleich fertig geworden, hätte sich um ungefähr 20 Minuten verspätet, als im Schlafzimmer ein dumpfer Knall erfolgte. Und als er sah, daß sein Herr auf sich geschossen, wäre er augenblicklich zum Telephon gelaufen und hätte ins Café Zentral telephoniert, wo, wie er zufällig wußte, die Herren von der Klinik ihre Zeitung lasen. Das sei vor einer Viertelstunde geschehen.

»Gut«, sagte der Doktor, »Sie werden mir Papier und Tinte geben und dann mit dem, was ich aufschreibe, sofort ins Polizeigebäude gehen. Es ist meine Pflicht, gleich die Anzeige zu erstatten.«

Im selben Augenblick bemerkte der Arzt, daß Kerdac die Augen weit geöffnet hatte und die Lippen bewegte. Er eilte hin und beugte sich über den Schweratmenden.

»Schicken Sie den Diener in sein Zimmer«, flüsterte Kerdac, »ich möchte mit Ihnen sprechen.«

Dr. Klaar bat ihn, sich ganz ruhig zu verhalten; er wollte nur etwas aufschreiben und in die Apotheke senden.

»Apotheke – nicht wahr!« stöhnte der Kranke. »Ich habe alles gehört, was gesprochen wurde. Wozu die Polizei? Es wird sehr bald aus sein. Ich möchte Ihnen Wichtiges mitteilen.«

Er brach ab und begann auf der Decke zu fingern. Sein Gesicht verfiel rasch und die Nase wurde spitzig.

»Das hippokratische Gesicht« – dachte der Arzt, und dann fiel ihm ein, daß es in diesem Falle wohl gleichgültig und ganz und gar seine Sache sei, wenn die Polizei die Meldung um zehn Minuten später erhielt.

Er beschloß, den Willen des Sterbenden zu tun, wies den Diener an, sich in seinem Zimmer bereit zu halten, und setzte sich dicht neben den Kranken, der dankbar lächelnd die Oberlippe emporzog. Es widerstrebte ihm, den Armen noch mit der Untersuchung zu quälen. Seiner Schätzung nach steckte das Blei im unteren Teil des Herzbeutels. Wie durch ein Wunder vermochte das Organ noch auszuhalten. Mühsam pumpte es

noch einige Zeit das Blut durch den Körper – mit immer schwereren Schlägen.
»Greifen Sie unter mein Kopfkissen«, murmelte Kerdac. Der Arzt erfüllte seinen Wunsch und zog ein schmales Kästchen aus rotbraunem Marokkoleder hervor. Auf dem durch die Zeit glänzend polierten Deckel war ein Wappen in Reliefpressung: eine geflügelte Schlange mit einem Frauenkopf. Darunter stand in lateinischen Buchstaben A Tormento.
»Sehen Sie alles genau an«, sagte Kerdac. »Ich sterbe noch nicht. Mir ist ganz wohl.« Seine Lider klappten herunter, so daß der Arzt sich erschrocken vorbeugte. Kerdac lag bewegungslos und atmete regelmäßig, wenn auch sehr schwach.
Dr. Klaar öffnete das Kästchen. Es war mit ehemals weißem, längst gelblich gewordenem Samt gefüttert. In zwölf halbrunden Vertiefungen lagen dünne Steinschliffe, glatt und durchsichtig, darüber, wie ein Schutzdeckchen, eine Halbmaske aus brüchiger, schwarzer Seide. Die Maske hatte nur eine einzige runde Öffnung an Stelle des rechten Auges, und diese war mit einer Art von vorstehendem Rand versehen, als sollte ein kleines Augenglas eingeschoben werden. Ein schmaler Pergamentstreifen, der in der Maske lag, war ebenfalls mit lateinischen Buchstaben bedruckt oder sehr geschickt beschrieben.
Der Doktor blickte fragend auf den Kranken und sah dann wieder den Zettel an, als jener die Augen beharrlich geschlossen hielt. Der Inhalt war ihm vollkommen unverständlich, sowohl die Überschrift als alles andere:

Die wahren Kleinodien des Tormento.

Januarius.-Hyacinth.-Eva.
Februarius.–Amethyst.– Poppäa.
Martius.-Heliotrop.-Salome.
Aprilis.–Saphir.–Selene.
Majus.-Smaragd.-Diana.
† Junius.–Chalcedon.–Nahema. †
Julius.-Carneol.-Astarte.
Augustus.–Onyx.–Semiramis.
September.-Chrysolith.-Lilith.
Oktober.–Aquamarin.–Undine.
November.-Topas.-Roxane.
Dezember.–Chrysopras.–Helena.
Rufe alle, nur Nahema nicht!

Dr. Klaar hatte laut gelesen. Wie ein verwehtes Echo klang es von den Lippen des Verwundeten: »– – – nur Nahema nicht –!«
Und dann sah Kerdac mit erstaunten Blicken, wie aus tiefem Schlaf erwacht, den Fremden, der da an seinem Lager saß, an und die wohlbekannten Gegenstände in seinem Zimmer.
»Ich war bewußtlos?« fragte er mit schwacher Stimme. »Ich fühlte, wie ich versank – – immer weiter ins Schwarze – – –.«
Ein heftiger Schauer überlief seinen Leib. Seine Hand haschte nach der des Arztes.
»Sagen Sie, – Herr Doktor – –, es – ist also keine Rettung –? Wenn man eine Operation vornähme?«
Dr. Klaar sah unwillkürlich weg und versuchte, den Kranken mit den üblichen, nichtssagenden Reden zu trösten und ihm Mut einzureden. Es war nicht das erstemal, daß er bei einem Selbstmörder dieses entsetzliche Erwachen mitansah, die jähe Erkenntnis einer unsinnigen, jämmerlichen Tat, die nicht mehr gutzumachen war. – Er dachte an jene arme Näherin, die vor drei Wochen in seinem Spital an Phosphorvergiftung gestorben war, – bis zum Schluß trotz ihres bitteren Lebens, das sie ungeschickt und qualvoll beendigen wollte, mit allen Gedanken auf Genesung hoffend. Und doch hätte dies Gesundwerden nichts anderes für sie bedeutet, als ein Weiterschreiten auf ihrem Leidenswege, doppelt schwer zu ertragen um des kleinen, krüppelhaften und namenlosen Geschöpfes willen, das sie, verlassen wie ein Tier auf der Heide, in ihrer frostigen Dachkammer zur Welt gebracht hatte. – Glücklich die, die sich schnell zu töten wußten, die hinüberschliefen oder die das Ende blitzartig traf, mitten im blühenden Leben, so schnell, daß sie keinen Gedanken mehr denken konnten.
Kerdac hatte Tränen in den Augen, als er die Miene des Arztes sah. Aber er war tapfer genug, sich abzufinden.
»Dann will ich Ihnen alles erzählen«, sagte er leise, »Sie allein sollen es wissen.«
»Sie sollten nicht viel sprechen«, erwiderte Dr. Klaar und sah unschlüssig auf die Uhr. Er wunderte sich, daß er hier saß, anstatt die vorgeschriebene Anzeige zu erstatten.
»Bitte – bleiben Sie da – – –.«
Ein tiefes Stöhnen, dem ein schluchzender Laut folgte, zeigte die krampfartigen Schmerzen Kerdacs an. Er hielt die Hand des Arztes mit hilflosen, schwachen Fingern so fest als möglich umspannt, als fürchtete er, allein und einsam sterben zu müs-

sen und könne ihn so halten. Als er sich ein wenig erholt hatte, begann er hastig zu sprechen; allmählich wurde seine Stimme ruhiger und vernehmlicher, wenn auch so leise, daß der Doktor sein Ohr dem Munde des Schwerverletzten nähern mußte, um ihn vor gefährlicher Anstrengung zu bewahren. Während der ganzen Erzählung hielt Dr. Klaar das seltsame Kästchen in der Hand.

»Niemand wird um mich trauern«, sagte Kerdac, »ich habe niemanden, der mich liebt. Ich bin seit meinem zehnten Jahr immer allein gewesen, ganz allein. Verstehen Sie, wie traurig das ist? Wissen Sie, was so ein armer, verschüchterter und freudloser Bub leidet? Pah – ! Das kann niemand wissen! – Es ist ja so lange her. – Später, als ich aus dem Institut, in dem ich meine ganze sonnenlose Jugend verbracht hatte, herauskam, schickte man mich auf die Universität. Als ich vierundzwanzig Jahre alt wurde, erhielt ich ein Schreiben der Vormundschaftsbehörde; man gab mir mein Vermögen heraus, das ein alter, griesgrämiger Notar, der sich sonst um sein Mündel nicht gekümmert hatte, verwaltete. Ich nahm diese Tatsache mit jener stumpfen Gleichgültigkeit, mit einer Untätigkeit auf, die mir zur zweiten Natur geworden war. Ich lebte nun besser als früher, hatte eine große, von einem kunstsinnigen Tapezierer ausgestattete Wohnung und vergrub mich in meine Bücher. Bücher kaufen war übrigens der einzige Luxus gewesen, den ich mir bisher gestattet hatte.

Ich interessierte mich, wohl infolge meines einsamen, verinnerlichten Lebens, außerordentlich für seltene, okkultistische Werke. Mit der Zeit sammelte ich eine ziemlich große Anzahl solcher Bücher, vom Agrippa von Nettesheim bis zu modernspiritistischen Schriften. – Ich befaßte mich voll leidenschaftlichen Eifers mit der Entzifferung und Auslegung unbekannter, orientalischer Handschriften. Nebenbei versuchte ich, praktische Magie zu betreiben. Aber abgesehen von flüchtigen Erlebnissen und ungewöhnlichen Traumbildern, die wohl nur infolge der dabei vorgeschriebenen Räucherungen mit duftenden, zum Teil giftigen Stoffen entstanden, erlebte ich nichts, was mich den Geheimnissen, die ich ergründen wollte, näherbrachte. Einige Menschen, die ich im Laufe der Jahre kennenlernte und die sich im Verborgenen mit ähnlichen Dingen abgaben, behaupteten zwar, mehr als ich erkannt zu haben. Sie glaubten es vielleicht wirklich. Einmal wurde ich mit einem Menschen bekannt gemacht, der im Besitze unerhörter Zau-

berkräfte sein sollte und sich für einen Orientalen ausgab. Mit unerschütterlicher Geduld lauschten seine Jünger den Phantasien dieses Menschen, der im Grunde nur ein harmloser Schwindler war und sich auf seine Weise kleine Annehmlichkeiten ergatterte. Seine ›magnetischen Kuren‹ veranlaßten die Behörde, ihn in sein Heimatdorf in Bayern abzuschieben. Und so war auch das nichts gewesen. - Bitte, trocknen Sie mir die Stirne, Doktor!«
Der andere betupfte mit einem Tuch vorsichtig die Stirne Kerdacs, die mit großen Schweißperlen bedeckt war. Vielleicht ließ sich dies arme Leben doch noch etwas verlängern; die Nadel der bereitgehaltenen Pravaz-Spritze drang leicht durch die schlaffe Haut des Unterarmes. Die Einspritzung schien Kerdac wohl zu tun, er atmete tief auf und fuhr etwas lebhafter fort:
»Das habe ich Ihnen erzählt als eine der vielen Enttäuschungen, die ich erlitt. Es war immer dasselbe. In Indien, in Darbhangah, zeigte mir ein Fakir für zehn Rupien das berühmte Wachsen des Mangobaumes. Unter fortgesetzten Beschwörungen entsproßte dem eingepflanzten Samenkern eine hellgrüne, junge Pflanze, die immer höher wuchs, nachdem sie jedesmal mit einem Tuch bedeckt worden war. Schließlich entriß ich dem schreienden Kerl Topf und Pflanze – – der Samenkern war gespalten und mit großer Geschicklichkeit ein abgeschnittener Mangosprößling hineingeklemmt. Im Tuch waren noch vier Stämmchen, eins immer größer als das andere.
Warum ich das erzähle? Um Ihnen zu beweisen, daß ich kein Neuling bin in diesen Dingen und Trug von Wirklichkeit wohl zu unterscheiden vermag. Um Ihnen begreiflich zu machen, daß das, was mich zu jenem unglückseligen Revolverschuß trieb, mehr war als die Träume eines erregten Gehirns. Es war Wirklichkeit – ach, so schöne Wirklichkeit, und wieder so entsetzlich, daß kein Lebender sich das Maß von Grauen vorstellen kann, das ich durchlebt habe.
Nach den vorhin geschilderten Erlebnissen verbannte ich meine Zauberbücher in die Tiefe eines großen, verschlossenen Schrankes und ging ohne allen Gehirnballast auf Reisen. Es half mir nichts. Mein melancholisches Gemüt wurde nicht heiterer durch den raschen Wechsel der Eindrücke. Es lag ja in mir selbst, daß die Sonne am Mittelmeer anderen fröhlicher und heller strahlte als mir, daß mir die Rosen in Fiesole garstig und beklemmend dufteten, daß das blaue Meer nach Fischen

und faulem Tang roch. In meinem Auge mußte ein Fehler sein, mein Gehör hatte gewiß eine häßlich mitklingende Saite. Wie wäre es sonst zu erklären, daß ich an einer schönen Frau nichts anderes sah als ein Fleckchen Ruß, das der Wind an ihre Wange geweht und der Schleier verwischt hatte? Daß ich in einem Beethoven-Konzert die immer wiederkehrenden Anfangstakte eines Gassenhauers heraushörte? Warum sah ich in einem Stück, das andere Menschen in ihren Seelentiefen erschütterte, nur schmutzige Soffitten und die Runzeln des Schauspielers, der den jugendlichen Liebhaber gab? Ich war es! Ich litt an mir selbst!

Einmal war ich verliebt. Rasend, unsinnig – ich konnte nur in ihrer Nähe leben. Mag dieser Ausdruck leer klingen – er ist trotzdem gut. Diesmal sah ich keine körperlichen Fehler. Aber ich wurde von einer höllischen Eifersucht gepeinigt. Ich wußte, daß ich betrogen würde. Ich wußte zugleich, daß es nicht so war. Verstehen Sie mich? Ich konnte nicht anders – es stieß mich etwas, von der Geliebten schlecht zu denken, und ich quälte die einzige Frau, die für mich auf der Welt war, mit meinem beleidigenden Mißtrauen, mit meinem höhnischen Verzicht, bis sie, gekränkt und in ihren zartesten Gefühlen roh verletzt, weinend von mir ging. Und damit war für mich eigentlich alles aus, daran bin ich auch zugrunde gegangen. Ganz gewiß.«

Kerdac seufzte tief auf. Eine große Schwäche und ein Muskelzittern, das der Vorbote des nahen Endes zu sein schien, kam plötzlich über ihn. Aber diesmal ging es noch vorüber, und er erzählte weiter:

»Ich kann mich an nichts erinnern, das mir wirkliche Freude gemacht hätte. Ich habe alles versucht, und alles hat mich enttäuscht; ich war unzulänglich, der Freude unfähig. Ich gab auch schließlich jeden Versuch, mein Leben zu verschönern, als nutzlos auf und geriet wieder in den alten Zustand vollkommener Gleichgültigkeit. Ich stand auf, wenn ich genug geschlafen hatte, aß, trank und trieb mich zwecklos und gelangweilt auf den Straßen herum.

Eines Abends – ich lebte damals in Paris – saß ich in einem Boulevardcafé und trank ein Glas Bier. Es war ein warmer Regentag im Frühjahr. Die Lichter spiegelten sich in den nassen Steinen. Ströme von Menschen kamen vorüber. Einzelne lösten sich aus der Masse, kamen ins Café, andere, die herausgingen, verschwanden sofort in dem lebenden Strom. Mich unterhielt es fast, diese kleinen Vorgänge, die einem Sinnbild des Lebens glichen, zu beobachten.

Auf einmal bemerkte ich, daß sich jemand an meinen Tisch gesetzt hatte, was mich sehr unruhig machte. Ich sah den Menschen unfreundlich an. Es war ein armseliger, schlecht gekleideter Jude, mit rötlichem, zerzaustem Bart und unruhig-ängstlichen Augen. Er trank in kleinen Schlucken einen süßen Schnaps und nahm so wenig Platz ein als nur möglich. Als er sah, daß ich ihn bemerkt hatte, machte er eine erschrockene, hastige Verbeugung. Nach einiger Zeit redete er mich in schlechtem Französisch an, mit dem singenden Ton seiner Rasse. Er sprach sehr verlegen und stockend, und ich merkte bald, wo er hinaus wollte. Erst heute war er, wie er sagte, in Paris angekommen, mit seiner Frau und drei kleinen Kindern, von denen eines sehr krank sei. Er wolle sich hier eine Stätte gründen, sei aber heute den ganzen Tag vergeblich herumgelaufen und könne vor Hunger und Müdigkeit nicht mehr stehen. Seine Frau warte auf ihn, irgendwo weit draußen. Und er habe keinen Sou mehr in der Tasche, um den Kindern Brot zu kaufen. Ich sah ihn ärgerlich an, zuerst an einen jener zahllosen, unverschämten Bettler denkend, die von irgend einer trübseligen, eingelernten Rede viel besser leben als mancher braver Arbeiter. Aber seine Augen waren mit so heißer, verzweifelter Bitte auf mich gerichtet und hafteten mit so banger Erwartung an meinem Gesicht, daß ich ihm, meiner Absicht entgegen, ein Fünffrankenstück zuschob. Er brach in eine Flut von Danksagungen und in laute Segenswünsche aus, so daß er mir im höchsten Grade lästig erschien. Als er mich gar noch fragte, ob ich ihm nicht etwas abkaufen wolle, sagte ich in barschem Tone, er solle sich fortmachen. Aber er blieb ganz ruhig sitzen und nahm das Kästchen, das Sie, Herr Doktor, in Ihrer Hand halten, aus der Tasche und reichte es mir. Es sei von einem vornehmen Herrn aus Wien, der sich erschossen und aus dessen Nachlaß er es erstanden habe. Eine große Seltenheit müsse es sein und sehr alt. Er habe seinen Rabbi gefragt, was es sei, der habe ihm aber sehr streng befohlen, das alles zu verbrennen und es unter keinen Umständen zu verkaufen. Das wäre aber doch schade, und er sei ein armer Mensch. Ob ich zwanzig Franken geben würde?

Widerwillig öffnete ich das Ding, sah den rätselhaften Inhalt an und kaufte es sofort. Seit langer Zeit hatte mich nichts mehr erregt oder gewundert – dieses Kästchen mit der Maske und

dem Pergamentstreifen wirkte auf mich wie ein kühler Trunk auf den Verschmachtenden. Ich steckte es sofort zu mir.
Der Jude nickte mir noch dankbar zu und sagte Segenswünsche vor sich hin. Er verschwand ebenso, wie er gekommen war. Ich sah einen Augenblick fort, und als ich mich wieder dem Tische zukehrte, war er verschwunden; das Goldstück hatte er im letzten Augenblick nicht zu nehmen gewagt; es lag dicht bei meinem Arm. Er hatte offenbar einen kurzen, schweren Kampf mit sich selbst gekämpft. Das tat mir recht leid. Ich hätte dem armen Kerl das Geld gerne geschenkt. Ich habe ihn nie mehr in meinem Leben gesehen.
So eilig als möglich fuhr ich nach Hause. Ich hatte eine sehr hübsche Wohnung in der Nähe der Madelaine. Durch den Diener ließ ich mir ein kaltes Nachtmahl holen und blieb zu Hause. Nach dem Essen betrachtete ich das Kästchen und seinen Inhalt aufs genaueste. Vergebens aber suchte ich in meinen Büchern nach einem bekannteren Magier namens Tormento, dessen ›wahre Kleinodien‹ vor mir lagen.«
Ein neuerlicher Anfall ließ Kerdac verstummen. Erst nach langen Minuten, die der Arzt, in beständiger Erwartung des Endes, in einer ihm unbegreiflichen Erregtheit durchlebte, öffnete jener wieder die farblosen Lippen, um zu sprechen.
»Ich muß mich eilen«, stammelte er. »Es geht jetzt rasch abwärts. – – Ich sprach von dem ersten Abend? – Nun – ich habe das Geheimnis erst nach Wochen, nach einer Zeit quälenden Suchens und Grübelns gefunden. – Es war an einem Septemberabend, als ich wieder einmal die Maske vornahm und den Monatsstein, also den Chrysolith, in die runde Öffnung schob. Ich hatte den Versuch schon hundertmal gemacht. – Wie sonst, so starrte ich auch heute durch das Plättchen gegen das Licht. Im Gegensatz zu anderen Versuchen beschloß ich diesmal zu warten, bis irgend etwas sich zeigen würde, und war bereit, die ganze Nacht auszuharren. – – – Wie lange es dauerte, weiß ich nicht mehr. Sehr lange jedenfalls. Später ging es viel rascher. – Ich sah also stundenlang durch den gelben Stein – wie gebannt. Und plötzlich, ganz von selbst, möchte ich sagen, rief ich den Namen Lilith unzähligemal aus.
Auf einmal war es mir, als bilde sich im Mittelpunkt des durchsichtigen Scheibchens etwas wie eine kleine Wolke. Doch nein – – jetzt schien es außerhalb zu liegen, in der Ecke des Zimmers. Mein Denkvermögen begann einzuschlafen – – ich sah nur unverwandt die gelbe Wolke an, wie sie wuchs

und wuchs und wie es sich in ihr regte. Ich saß wie gelähmt. -- Immer deutlicher sah ich die Gestalt einer Frau – einer nackten Frau mit langen Haaren. Dann verlor ich wohl die Besinnung, dann als ich mit dem Gefühl des Erwachens die Hände wieder bewegte, war die Erscheinung verschwunden.

Ich dachte zuerst an eine lebhafte Halluzination, die durch Selbsthypnose, durch systematische Überreizung des Sehnerven nur zu erklärlich schien. Ich ging dann aus; den ganzen Abend, selbst im Theater -- in einem blödsinnigen Vaudeville tauchte immer wieder das Wort, der Name Lilith in mir auf. Ich erinnere mich, daß ich verschiedenes darüber gelesen hatte. -- Eine Teufelin – Adams erste Frau --- der Succubus des Mittelalters.

Ich war schrecklich müde und ging früh nach Hause. Als ich im Bett lag, schlief ich fast augenblicklich ein. Und ich erwachte fast ebenso schnell -- durch die Berührung eines Körpers, der mir nahe war. Eine Frau war in meinem Zimmer – schön wie ein Traumbild – in langes, goldenes Haar gehüllt, das knisternd über ihre Schultern floß. Blaue Fünkchen sprangen durch das Goldgespinst.

Und das Seltsame war, daß ich weder Staunen noch Schreck fühlte. Ich fand es selbstverständlich, daß sie gekommen war. Ich wußte, daß dieser schlanke, biegsame Leib der meiner Geliebten, der Teufelin Lilith, war. Ach -- ich hatte sie ja schon gekannt! Ich sah sie gewiß nicht zum ersten Male. Ich kannte die süßen Lippen, diese hellblauen Augen mit den winzigen Pupillen, die geschlitzt waren wie die der Katzen. Und ich suchte nach dem Blutströpfchen, das sie wie einen Rubin auf der Unterlippe trug. Ich wußte, daß es immer auf ihrem blaßroten Munde zitterte. – Auch dieses gelbliche, dämmernde Licht, das mich mein Zimmer erkennen ließ, erschien mir als etwas längst Gewohntes.

Ich dachte aber das alles nicht -- ich fühlte nur – ich fühlte alles -- unaussprechlich deutlich und doch mit Worten nicht auszudrücken. So wie man Musik denkt – oder Farben -- ich weiß es nicht zu sagen. Nur Wortgedanken, Begriffe waren mir in dieser und anderen Nächten, etwas Fremdes, Plumpkörperliches, das mich sofort aus ihren Armen gerissen hätte.

Stellen Sie sich vor, Sie könnten Töne, Harmonien mit allen Sinnen wahrnehmen, -- fühlen, riechen, sehen --. Doch nein! Ich kann Ihnen das nicht sagen --. Es war die Seligkeit. Ich löste mich in eine purpurdunkle Flamme auf – – ich verging in Wonnen, die keiner ahnt –. Ich drehte mich in betörenden Lichtwirbeln, – körperlos und doch mit den Sinnen fühlend –. Ich wurde eins mit der Frau –, ein einziges, göttergleiches Wesen – –.

– – – Als mich mein Diener mit sanftem Rütteln weckte, war es hoher Mittag. Ich stand taumelnd auf –, betäubt, müde und vernichtet. An meinem Halse war ein dunkles Mal – – das zerdrückte Kissen trug einen leuchtenden Fleck. Es war Blut – Liliths Abschiedskuß –!

An dem Tag ging ich nicht unter Menschen. Ich wollte niemanden sehen. Das Licht verging wieder, – der Abend kam. Ich lag wieder im Bett und erwartete die Geliebte, als sich meine brennenden Lider senkten. Aber ich schlief die ganze Nacht, traumlos und fest. Sie kam nicht zu mir, – weil ich sie nicht gerufen hatte.

Von nun an lebte ich des Nachts und trug den Tag mit seinem Lärm und allen seinen hellbeleuchteten Häßlichkeiten wie einen Alp. Nachts war ich ein König – nichts auf Erden glich meiner Herrlichkeit, und ich achtete wenig auf den elenden Leib, der fiebernd und blutarm den Flug des Geistes büßte. Ich betrachtete meinen Körper als eine wertlose Maschine, die eben so lang in Gang bleiben mußte, als es möglich war. Kaum, daß ich das nötigste an Nahrung zu mir nahm.

O, diese Nächte, mein Freund! Alle kamen sie in ihren Monaten, von mir gerufen. Eva, die Mutter der Menschheit, in Jugendschöne, die schlanken Glieder mit seidenweichem Flaum bedeckt, ein Kinderlächeln um den unschuldigen Mund. Astarte, die dunkelbraune Göttin mit den glühenden Augen, im Goldgewand und schwerem, kühlem Schmuck. Selene, blaß und süß in blau-silberner Tunika, Roxane mit dem Duft nach Ambra und gelben Rosen. Mit der blonden Poppäa wandelte ich durch schimmernde Säulengänge. Ihr violetter Mantel raschelte leise, und ich küßte ihr weißes Gesicht. Diana, geschmeidig und sonnverbrannt, erwartete mich unter den Korkeichen der Pyrenäen, und mit der silberbehelmten Semiramis stand ich in der betäubenden Blütenpracht ihrer Gärten. Undine umschlang mich mit dünnen Mädchenarmen und schüttelte lachend blitzende Tropfen aus den grünen Haaren. Zum dumpfen Dröhnen der Handpauken, bei gellendem Pfeifenklang und Harfenrauschen tanzte Salome jenen Tanz, der einen Herodes berückte; ihre dunkelgrünen Schleier waren mit

dem Blut des Täufers besprengt. O – noch höre ich Helenas leises, berückendes Lachen und sehe den breiten Erzgürtel, der klirrend von den schmalen Hüften fällt – –.
Ach – – über meine verlorene Seligkeit! – Endlich tat ich das, was verboten war. Es setzte sich in mir fest und wurde zur quälenden Idee. Nahema! – Ich kämpfte und litt. Und ich unterlag. Am ersten Tage des Juni – –.
Ich rief sie – –. Sie war die schönste von allen und trug einen weiten Mantel, grau und fein wie die Flügel der Fledermaus. – Neben ihr erschien alles wesenlos, – Schmerz und Wonne verloren ihre Grenzen – – – jeder Nerv schien für sich zu leben, alles Fühlbare zu ungeheurer Gewalt anzuwachsen. Ich weinte vor Glück und wartete auf die Nacht, ich lebte erst, wenn die Dämmerung kam, die die Farbe ihres Mantels trug. Und sie kam Nacht für Nacht. Die anderen Steine hatten für mich ihre Kraft verloren – – –.
Dann kam das Grauen. Sie trug es in ihrem Mantel –. Ihr holder Leib begann sich zu verändern – – jede Nacht erschien sie mir älter. Falten zeigten sich auf ihrer Stirn – – ihre Augen umgaben mißfarbige Schatten – –. Eine Nacht schien von der andern durch Jahre getrennt zu sein – –.
Zuletzt – – war sie eine Lemure mit schlaffer, pergamentner Haut und zahnlosem Munde – –. Sie peinigte mich mit abscheulichen Liebkosungen – sie kam jede Nacht – – und sie sagte mir, – – daß ich sterben müsse, damit sie sich verjünge – –. Ich müsse mich töten. Sie sagte es fortwährend. Sie flüsterte es mir auch bei Tag in die Ohren. Auch der in Wien mußte gehorchen – –. Und Tormento, – das heißt: – – Die – – Qual – –.«
Der Kranke stieß plötzlich einen schrillen Schrei aus und öffnete weit die Augen. Sein Unterkiefer fiel auf die Brust – –.
Dr. Klaar beugte sich erschrocken zu ihm. – Jerome Kerdac war tot. – Aus der Schußwunde sickerte ein wenig schwarzes Blut –. Der Arzt rief den Diener und ging mit unsicheren Schritten die Treppe hinunter. Das Kästchen trug er bei sich.

Nun saß er schon über vier Stunden und schaute durch die Maske. Grünbläulich leuchtete vor seinem schmerzenden Auge der dünne Aquamarinschliff – –. Es war totenstill im Zimmer. Den Namen hatte er gesprochen, auch die Bildung eines Wölkchens gesehen – – –, aber immer wieder hatte ihn sein beobachtender Verstand geweckt. Lieber Gott, – das war

ja Blödsinn! Ärgerlich riß er die Maske ab und rieb das gereizte Auge.
Es war überhaupt einer von jenen Abenden, an denen eine wilde Schwermut, ein bleiernes Gefühl verlorener Zeit das Herz des Einsamen befällt. Einer jener Tage, da die totgeglaubten Wünsche und verdorrten Hoffnungen Macht über uns gewinnen. Und in betrübender Reihenfolge tauchen Gedanken und Vorstellungen auf, die wir längst überwunden glaubten.
– – Dr. Klaar ging verdrossen aus dem schlechten Gasthaus, in dem die jungen Ärzte speisten, nach Hause. Sein Zimmer mit der schwelenden Lampe, den ripsbezogenen Möbeln und dem häßlichen, längst erkalteten Ofen brachte ihn fast zum Weinen. Dann faßte er sich so weit, daß er seine Verstimmung auf die nervenerschütternden Vorgänge des Nachmittags zurückführen konnte. Und dadurch wurde er etwas ruhiger.

Schon zum zweiten Male war er aufgefahren. – Etwas Nasses oder Kaltes hatte sein Gesicht berührt, und es war ihm, als schwinde ein zarter Schatten von seinem Bett, in das Dunkel der Ecken sich auflösend. – Er rieb sich die Augen und betrachtete blinzelnd die ruhig brennende Flamme des Nachtlichtes. – Dann schlief er wieder ein.
Nach wenigen Minuten erschrak er so heftig, daß er noch im Halbschlaf aus dem Bette sprang. Etwas huschte vor ihm her – – eine fast durchsichtige Mädchengestalt – – und war auch schon verschwunden. – – Auf dem Läufer vor dem Bett waren zwei nasse, längliche Flecken – – – auf dem Boden die feuchten Spuren kleiner, schmaler Füße. – – –
– – – Dr. Klaar schrie auf wie ein erschrecktes Tier – – –. Das Wasser verdunstete schnell – – – der Boden sah aus wie vorher. Und der Arzt stand noch immer an seinem Bett und lallte vor sich hin – – –.
Und dann schrie er wieder auf: »Undine –! – Das ist ja Wahnsinn –! Ich werde wahnsinnig –!«
Bebend riß er das Fenster auf. Eisige Herbstluft wehte ihm entgegen –. Er schauerte zusammen – –. Jäh griff er sich mit beiden Händen an den Kopf – –. Dann sprang er aus seiner kauernden Stellung auf, riß wie ein Rasender das Kästchen an sich und warf die Steine heraus; einen nach dem anderen schleuderte er in die Finsternis – – tief unten auf dem Pflaster zersplitterten die spröden Plättchen – –. Pergament und Maske

hielt er über das flackernde Licht, – er fühlte es nicht, als die Flamme bis zu seinen Fingern loderte.
Und fröstelnd saß er auf einem harten Holzstuhl inmitten des Zimmers, in Todesangst den Morgen erwartend, der mit seinem klargrauen Licht langsam, langsam über die Dächer heraufkroch.

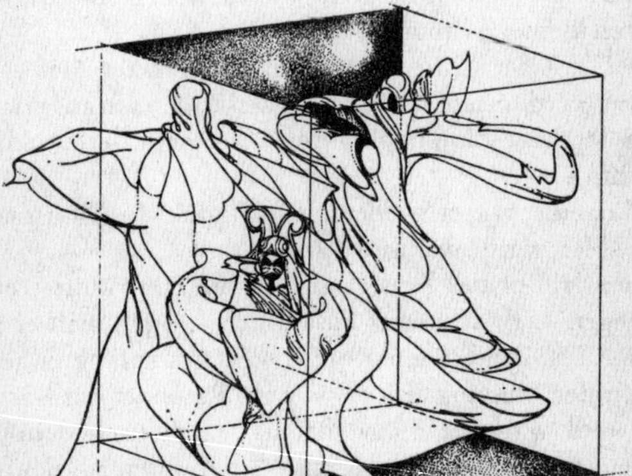

# Das Grabmal auf dem Père Lachaise

Heute bin ich in die Behausung eingezogen, die ich nun ein ganzes Jahr lang nicht verlassen soll.
Rings um mich sind glatte, kühle Marmorwände, vortrefflich gefügt, mit keinem anderen Schmuck als einer schmalen Leiste oben und unten, einer Leiste, die von lauter geflügelten Sonnenscheiben gebildet wird, dem Sinnbild der Ewigkeit bei den Ägyptern. Wessen bedarf ein solches Werk mehr als der Vortrefflichkeit der Arbeit? Ich muß sagen, daß mich diese Vollkommenheit in der Einfachheit tiefer ergreift als der geistvollste bildhauerische Dekor. Ich betrachte diese Steine, die so sauber aufeinander gepaßt sind, daß sich die Fugen nur bei genauem Hinsehen als ein feiner Strich wahrnehmen lassen. Ich fahre mit dem Finger darüber hin, ich befühle die kühlen, glattpolierten Steinflächen und empfinde alle diese Berührungen als etwas Köstliches. Der Marmor hat wenige Adern in sich, sie sind wie zarte Moose, wie Kräuter oder jene pflanzenähnlichen Seetiere in einem Klumpen Kristall eingeschlossen. Wenn ich lange hinsehe, so ist es, als wären diese leicht gefärbten Bänder, Zacken, Spitzen und seltsam fremdartigen Buchstaben unter einer Schicht durchsichtigen Eises, in einer Tiefe, zu der eben noch der Blick zu dringen vermag. Eine erstarrte Welt reizvoller Formen, ausgeschlossen von den Zufälligkeiten und den Sensationen des Lebens und der Bewegung. Das edelste Material für ein Grabdenkmal.
In der Mitte der Hinterwand, wenige Spannen über dem Boden, ist die Bronzetafel eingelassen mit der einfachen Inschrift: Anna Feodorowna Wassilska, gestorben 13. März 1911. Sie verschließt den Schacht, in den man den Sarg versenkt hat.
Ein schmaler Spalt führt aus diesem marmornen Gemach ins Freie. Draußen liegt der Friedhof im Sonnenlicht des Augusttages, hier drinnen ist es kühl, nur um den Eingang spielt die Luft noch in kleinen, warmen Wellen, die den Duft der Blumen mitbringen. Manchmal summen Bienen vorüber, oder eine blauschillernde Fliege steht einen Augenblick mit schwirrenden Flügeln vor dem Spalt, um dann ganz plötzlich wegzuzucken. Außer dem Schwirren und Summen des kleinen Le-

bens über den Gräbern ist aber noch ein tieferer Ton da, ein ununterbrochenes Zittern der Luft.
Das ist Paris.
Paris, das jenseits des Père Lachaise liegt, das seine Brandung von Arbeit und Vergnügen und Leidenschaft gegen den Frieden dieser Stätte schäumen läßt.
Wenn ich in den Eingang trete, der gerade die Breite eines Mannes hat, so bin ich an der Grenze meines Gebietes angelangt. Ein Jahr lang ist dieser Blick vom Eingang eines Grabmales der einzige Blick, den ich in die Außenwelt tun kann. Ein Blick auf Gräber und Grabdenkmäler.
Aber ich kann mit dieser Aussicht zufrieden sein. Wenn ich mich verbeuge, so sehe ich gerade noch rechts Bartholomès inniges und wundersames Werk, das tiefst empfundene steinerne Gedenken an eine Liebe, die nicht vergehen kann. Ich sehe die Gestalten der Mühseligen, Gebrochenen, Verzweifelten, die der Pforte des Todes zuwanken. Ich sehe die beiden rührenden Liebenden, die eben in die Dunkelheit eingehen. Den Mann, zusammengefaßt und stark dem Schicksal gegenüber, die Frau, die in so unendlich hingebendem Vertrauen seinen Weg teilt.

Ich werde mich in meinem Marmorgemach nicht langweilen, obwohl ich ein Jahr darin zubringen muß.
Ich sitze wie Hieronymus im Gehäuse, aber ich höre Paris, ich atme den Duft all dieser blühenden Gräber, ich habe den Schimmer der Kunst. Und wie Hieronymus im Gehäuse bin ich wohlversehen mit Büchern, mit Schreibzeug und Papier, und ich werde in dieser Einsamkeit mein großes Werk verfassen. Nicht ein Werk der Gottesgelahrtheit, wie Hieronymus, aber eins der Wissenschaft. Ich werde hier meine Gedankengänge über den Zerfall und die Endlichkeit der Materie zu Ende führen, ich werde aus all den Einzeltatsachen, aus den Überraschungen, die uns die Wissenschaft der letzten Jahrzehnte bereitet hat, ein System aufbauen, das meinen Namen tragen wird.
Was will ich eigentlich? Sind nicht alle meine Wünsche schon jetzt erfüllt? Habe ich, der arme Privatgelehrte, der seine Liebe zu unabhängiger Forschung nur befriedigen konnte, wenn er den Hungergurt enger schnallte, überhaupt so etwas jemals zu hoffen gewagt?
Ich habe Zeit, um mein Werk zu vollenden. Alle Störungen

werden mir ferngehalten, denn ich darf während eines Jahres mit niemandem sprechen als mit dem Diener, der mir zweimal täglich das Essen bringt. Weder die Freundschaft noch die Liebe darf zu mir. Und ich habe keine Sorgen um das tägliche Brot. Madame Feodorowna Wassilska verpflegt mich. Sie hat sogar den Speisezettel für die ganze Woche festgesetzt. Und wahrhaftig, soviel ich heute, am dritten Tag meiner Einsamkeit, sagen kann – das Menü läßt nichts zu wünschen übrig. Die Dame, in deren Grabmal ich sitze, verstand etwas von einer guten Mahlzeit. Warum soll ich es leugnen, ich freue mich darüber, so gut und reichlich essen zu können ... meine Mahlzeiten haben meine volle Aufmerksamkeit. Jede von ihnen ist mir ein Erlebnis. Ich habe allzulange hungern müssen, um nicht jetzt einen gefüllten Poulard oder Pökelzunge mit dieser wundervollen polnischen Sauce oder diese nach russischer Art bereiteten kleinen Vorspeisen gebührend zu schätzen.
Ich fühle mich also vollkommen wohl, und ich weiß auch, daß dieses Wohlbefinden das ganze Jahr meiner Gefangenschaft andauern wird.
Wenn das Jahr aber um ist, dann bekomme ich von der verstorbenen Madame Wassilska die Kleinigkeit von zweimal hunderttausend Franken.
Das bedeutet, daß ich vor keinem Verleger zu winseln brauche, um mein Werk gedruckt zu sehen. Denn natürlich würden die Halunken mich auslachen, wenn ich als armer Teufel ihnen zumuten würde, ein Buch drucken zu lassen, von dem alle Hohlköpfe der Akademie dröhnen werden. Jetzt brauche ich sie nicht. Jetzt kann ich mein eigener Verleger sein oder mir einen von ihnen kaufen, wenn es mir so passen sollte.
Zweimal hunderttausend Franken?
Das bedeutet, daß ich Vortragsreisen machen kann, um meine Ideen überallhin zu tragen, wohin mein Buch nicht gedrungen ist.
Das bedeutet, daß ich meine kleine Margot in ein Auto packen und nach dem Bahnhof schaffen werde. Am nächsten Morgen sind wir in Marseille, und die weiße Jacht draußen auf dem blauen Meer wartet auf uns. Die arme Kleine, sie hat so trübe Zeiten mit mir durchgemacht, daß sie eine Fahrt ins Märchenglück reichlich verdient hat. Jeden Tag Sonne und Seeluft und nichts anderes zu tun, als ihn so behaglich als möglich zu verbringen.

Diese Madame Anna Feodorowna Wassilska muß – meine Wohltäterin möge es mir gnädigst verzeihen – ein seltsames Möbel gewesen sein, ein verrücktes Huhn, noch verrückter, als wir Pariser es von ihren Landsleuten gewohnt sind.

Ich habe eine ganz bestimmte Vorstellung von dieser Madame Wassilska. Sie gründet sich auf ein Bild und auf die Berichte ihrer Nachbarschaft.

Ich denke sie mir als so eine Art Kaiserin Katharina, voll Gier, das Leben in allen seinen Formen, von den feinsten bis zu den brutalsten, zu erfassen. Da kommen diese reichen Russinnen von ihren unermeßlichen Gütern irgendwo in staubigen Steppen oder zwischen Morästen und endlosen Getreidefeldern nach Paris. Sie haben jahrelang ihre Bauern geschunden und zur Abwechslung sich an irgendwelchen kleinen netten Verschwörungen beteiligt. Jetzt kommen sie nach Paris und wollen dort das, was ihnen das Leben daheim tropfenweise gab, in vollen Zügen genießen.

Das glaube ich in den Mienen ihres Bildes gelesen zu haben.

Man hat mir, als ich mich vor Gericht bereit erklärte, die Bestimmung ihres Testamentes zu erfüllen, ihr Porträt gezeigt und mich eine Stunde mit ihm allein gelassen, so wie es in diesem Testament angeordnet war.

Nun, Frau Wassilska hat dem Maler keine schwierigen Gewandprobleme gestellt. Sie ist keine jener Damen in Weiß oder Rot oder Grün, wie sie im Salon zu Dutzenden herumwimmeln. Sie ist sozusagen eine Dame in Garnichts.

Hüllenlos steht sie vor einem offenen Fenster, und sie hat einen schönen Körper ... das muß man sagen. Der Kopf zeigt die herbe, herbstliche Schönheit einer Frau in den Fünfzigern. Kluge, kalte Augen unter prachtvoll geschwungenen Brauen, eine derbe russische Nase, ein voller, üppiger Mund, dessen blutrote Lippen langsam von den starken, weißen Zähnen zurückzuweichen scheinen, während ein grausames und kühles Lächeln – ein richtiges Gioconda-Lächeln – mehr zu ahnen ist, als sich wirklich ausdrückt. Seltsam hat der Maler die Hände gestaltet. Die Finger sind so lang und laufen so spitz zu, und es liegt ein so merkwürdiger Schatten auf ihnen, daß sie beinahe aussehen wie Klauen.

Oh, angesichts dieses Bildes kann man sich vorstellen, daß die ersten jugendlichen Liebesrasereien dieser Frau ein unerhörtes Glück gewährt haben müssen.

Mit diesem Bild stimmt sehr gut überein, was mir die Nach-

barn über die Wassilska erzählt haben. Denn sobald ich einmal entschlossen war, die ausgesetzten zweimal hunderttausend Franken zu verdienen, habe ich mich selbstverständlich nach ihr erkundigt. Man will doch nicht ein ganzes Jahr im Grabmal einer völlig Unbekannten wohnen, man will wissen, an wen man seinen Gutenachtgruß zu richten hat.
Nun, man hat mir eine ganze Menge seltsamer Dinge erzählt, aber es scheint mir, als hätte man mir noch mehr verschwiegen. Vielleicht gerade das Seltsamste und Unglaubwürdigste, weil man sich nicht ausgelacht sehen wollte. Die guten Leute wissen nicht, wieviel gerade unsereiner an Unglaubwürdigkeiten verträgt, welchen Reiz das für uns hat, deren Phantasie sonst durch Zahlen und Experimente vollkommen gefesselt ist.
Madame Wassilska liebt also, wie nach ihrer Katharinanatur zu erwarten war, die Kunst. In ihrem Nachlaß findet sich eine ganze Sammlung von Gemälden, etwa aus der Periode von Goya bis van Gogh. Sie stellen sämtlich den nackten Körper dar. Landschaften, Stilleben, Porträts scheinen für sie keinen Reiz gehabt zu haben.
Zu dieser Gemäldesammlung gesellt sich ein nach demselben Grundsatz zusammengetragenes Porzellankabinett. Nymphen und Najaden, Aphroditen, Galatheen und Grazien aus den Händen der Meister von Meißen, Nymphenburg, Wien und Sèvres, Gestalten, auf deren runden blanken Formen das Licht spielt. Zierliche Geliebte galanter Könige, Frauen, denen es ein Vergnügen bereitete, sich als leuchtertragende oder spiegelhaltende Göttinnen auf dem Toilettetisch ihrer Freunde zu wissen.
Aber Madame Wassilska bannt ihre Liebe nicht allein in die Kunst, die doch immer noch eine Sehnsucht nach dem Leben übrig läßt.
Und sie hat sehr brutale und tatenlustige Bedürfnisse. Wie Katharina der Zweiten führt man ihr junge Männer zu. Sie verläßt ihr Haus in Männerkleidern, um auf den Gassen umherzustreifen und Gott weiß was für Abenteuer aufzusuchen. Manchmal mietet sie die Räume eines großen Hotels und gibt ein glänzendes Fest. Ich erinnere mich, hie und da von diesen Nächten gehört zu haben, die, halb Hofball und halb Orgie, für einige Tage die Aufmerksamkeit von Paris erregten.
Manchmal nimmt ihr Liebesbedürfnis die Wendung ins Grausame. Keines ihrer Mädchen soll es lange bei ihr ausgehalten

haben. Sie liebt es, wie die römischen Damen, ihre Kammerzofen mit langen Nadeln ins Fleisch zu stechen oder plötzlich mit dem Brennkolben zu versengen. Eine wahrhaft fürstliche und antike Neigung, nur daß unsere Pariser Kammerzofen nicht gezwungen waren, das zu ertragen, was die libyschen oder persichen Sklavinnen über sich ergehen lassen mußten.
Seltsam genug ist auch die Sache mit dem Bäckerlehrling. Madame Wassilska sieht eines Tages den Bäckerjungen, der ihr die Semmeln ins Haus bringt. Er hat einen hübschen runden Hals. Madame Wassilska findet Gefallen an diesem Hals und erkundigt sich, ob sich der Junge von ihr einmal in diesen Hals beißen lassen wolle. Eine bedeutende Anzahl von Franken beschwichtigte seine Bedenken und macht ihn dazu geneigt. Aber nach dem zweiten Biß läuft er schreiend davon, wird krank und ist nicht mehr zu bewegen, noch einmal die Wohnung der Russin zu betreten.
Dies ist das Porträt meiner Wohltäterin.
Man wird zugeben, daß ich die Vorhalle zu der letzten Wohnung einer sehr interessanten Frau bezogen habe, und daß unter diesen glatten Marmorfliesen ein heißer Drang zu Ruhe gekommen ist.

Gestern habe ich mit meiner Arbeit begonnen.
Es gilt zuerst eine unzählige Menge von Zetteln zu ordnen. Meine Freunde haben mir immer lachend vorgehalten, ich arbeite umständlich wie ein deutscher Professor. Es ist keine Schande, denke ich, gründlich zu sein, wenn man ein System zu errichten beabsichtigt, von dem eine neue Periode der Wissenschaft anheben soll.
Verschiedene Arten von Zetteln bilden diese ungeheuere Menge. Weiße, auf denen ich meine Experimente und meine eigenen Gedanken verzeichnet habe. Blaue, auf denen die entgegenstehenden Meinungen anderer Gelehrter eingetragen sind. Und gelbe, auf denen ich diese Meinung widerlege. Das muß alles zueinander eingepaßt und nach Materien geordnet werden...
Aber ich habe gleich zu Beginn meiner Arbeit ein kleines Mißgeschick gehabt. Gestern abend habe ich den ersten Teil meines Werkes in diesen Zetteln wohlgeordnet auf dem Tisch hinterlegt. Als ich mich heute früh von meinem Feldbett erhob, lagen alle diese Hunderte von Zetteln über den ganzen Boden verstreut. Sie waren schwer von dem kalten Marmor

aufzuheben, es war, als hafteten sie an ihm wie von elektrischen Kräften angezogen.
Es muß während der Nacht ein Windstoß durch den Eingangsspalt hereingedrungen sein und alle diese Hunderte von Blättern heruntergefegt haben. Nun kann ich mit meiner Arbeit von vorn beginnen.

Iwan könnte gewiß mehr von seiner Herrin erzählen, wenn er nur sprechen wollte.
Aber ich weiß noch gar nicht, ob er etwas anderes sagen kann, als »Guten Tag« und »Adieu«. Er spricht diese Worte mit einer schnarrenden Stimme, wie ein Papagei oder ein Grammophon aus jener noch sehr frühen Zeit seiner Unvollkommenheit, da es noch Phonograph hieß.
Pünktlich zweimal des Tages erscheint er mit seinem kleinen Wägelchen, in das die Aluminiumtöpfe mit den Speisen eingesenkt sind, und in dem sie von einem kleinen System von Flammen warm gehalten werden. Er schiebt dieses Wägelchen vor sich her, wie die italienischen Eisverkäufer in den Straßen ihre Karren.
Langsam kommt er den kleinen Hügel hinauf, hält vor dem Grabmal seiner Herrin an und setzt mir die Speisen auf den Tisch.
Dann hockt er sich mir gegenüber auf den Boden, mit gekreuzten Beinen, nach Tatarenart, und starrt mich an. Es ist nicht sehr angenehm, sich während des Essens auf den Mund starren zu lassen. Ich habe versucht, ihn zum Plaudern zu bewegen, schon um dieses peinliche Anglotzen zu beenden und Leben in dieses Gesicht zu bringen. Es ist, als wollte ich einem Zaunpfahl eine Antwort abringen.
Iwan ist ein kleiner Kerl mit borstigem Haar, auf dem er selbst jetzt im Sommer eine Tatarenmütze sitzen hat. Wäre er jünger und hübscher, so würde ich annehmen, er tue es, um aufzufallen und bei den aufs Ausländische versessenen Mädchen aus der Bretagne Glück zu haben; so wie die russischen Studenten in Röhrenstiefeln und verschnürten Röcken herumlaufen, um irgendeine kleine Verkäuferin zu finden, von der sie sich aushalten lassen können. Aber Iwan ist vor einem solchen Verdacht gesichert. Sein Gesicht ist eine Berg- und Tallandschaft. Zwischen Pockennarben stehen unzählige rote Pusteln, jede mit einem weißen, eiterigen Punkt in der Mitte. Die Haare seines Hängeschnurrbartes stecken in dieser verwüsteten Haut

so, als hätten sie keine Wurzeln und unter sich keinen Zusammenhang. Wie kleine Ruten, die spielende Kinder in einen Sandhaufen gesteckt haben. Die Glieder dieses grotesken Scheusals sind ähnlich unorganisch an den Leib gefügt, als wären sie ihm schon einmal abgerissen und nur höchst ungeschickt wieder angesteckt worden.
Dieser borstige Tatare ist der einzige Diener, den Madame Wassilska aus ihrer Heimat mitgebracht hat. Er hat allen Wechsel ihres Dienstpersonals überstanden und bei seiner Herrin ausgehalten.
Er muß alle ihre Lebensgewohnheiten kennen, er müßte mir so manche Eigentümlichkeit ihres Wesens näher zu beschreiben imstande sein, denn diese russischen Damen tun sich vor ihren vertrauten Dienern keinen Zwang an.
Ich wüßte vor allem gerne von ihm, was der Zweck dieser seltsamen Bestimmung im Testament seiner Herrin gewesen sein mag. Ich kann mir doch kaum denken, daß sie ihr gutes Herz dazu angetrieben hat; es widerspricht jedem Zug ihres Charakters, daß sie es getan haben sollte, um sich die Dankbarkeit eines ihr Unbekannten zu erwerben, um ihr Andenken zu sichern, jemanden gewiß zu haben, dessen Seele bei jedem höheren Lebensimpuls ihren Namen mitschwingen lassen muß.
Dreierlei erscheint mir als Sinn der Testamentsbestimmung möglich. Es könnte einfach Angst vor dem Lebendigbegrabenwerden gewesen sein. Von Zeit zu Zeit erscheinen in den Zeitungen Schauernachrichten über solche Fälle, und sie wollte vielleicht wissen, daß jemand da sei, der sie hören könne, wenn sie in der schauerlichen Enge ihres Grabes noch einmal erwachte. – Halt! Dann hätte sie anordnen müssen, daß ihr Grabmal sogleich nach ihrer Beerdigung bezogen werde, aber nicht den Eintritt in das Jahr der Leichenwache dem Bewerber freistellen dürfen.
Oder aber es war die Besorgnis vor Leichenräubern. Vielleicht ist ihr einmal der Fall des Sergeanten Bertrand zu Ohren gekommen, der sich gerade diesen Père Lachaise zum Schauplatz seiner Scheußlichkeiten ausgewählt hatte. Er hatte eines Tages beim Anblick der Leiche eines schönen jungen Mädchens plötzlich den Drang empfunden, sie zu umarmen. In der Nacht nach ihrer Beerdigung schlich er sich auf den Friedhof, riß das frische Grab auf und wühlte sich zu der Toten durch. Die abscheuliche Lust dieser Schändung war so groß, daß Bertrand

von nun an nicht mehr davon lassen konnte, nachts auf den Friedhöfen umherzustreifen und wie eine Hyäne nach Leichen zu fahnden. Er hat bei der Gerichtsverhandlung gestanden, oft in einer Nacht zwölf bis fünfzehn Leichen ausgegraben zu haben, um eine tote Frau zu finden, auf die er sich warf, um sie zu küssen, zu zerbeißen und zu verstümmeln. Dabei war dieses Scheusal von einer außerordentlichen, nahezu unbegreiflichen Schlauheit und betrieb sein Handwerk lange, trotz aller Vorsichtsmaßregeln und Wachen, bis er endlich beim Überklettern der Friedhofsmauer durch eine Art Höllenmaschine gefangen wurde. Es könnte sein, daß Madame Wassilska der Gedanke peinlich war, in die Hände einer solchen Bestie zu fallen.
Es ist aber noch eine dritte Möglichkeit da, und diese scheint mir am besten zu dem Wesen dieser asiatischen Tyrannin zu stimmen. Vielleicht hat sie jene zweimal hunderttausend Franken nur zu dem Zweck ausgesetzt, um die Vorfreude an der Qual des Bewerbers zu haben, um die Vorstellung genießen zu können, wie der in dieses Grabmal Gebannte durch alle Ängste und Schrecknisse eines Friedhofes aufgerieben werden würde.
Nun, wenn das die Absicht der Madame Anna Feodorowna Wassilska gewesen ist, so soll sie sich gründlich getäuscht haben. Ich esse wie ein Tiger und schlafe wie eine Ratte.
Es ist spät. Ich habe eine Flasche Burgunder getrunken und bin in guter Laune. Ich muß mich von meiner Wohltäterin verabschieden.
Ich erhebe mich, mache eine Verbeugung und klopfe mit dem gekrümmen Finger an die Bronzeplatte: »Gute Nacht, Anna Feodorowna, gute Nacht!«
Das ganze Grabmal widerhallt von dem Schwingen der Bronzeplatte: Gute Nacht!
Zum zweiten Male dasselbe Mißgeschick. Meine Zettel, die ich wohlgeordnet auf dem Tisch hinterließ, sind wieder über den ganzen Boden verstreut. Ich darf nicht mehr daran vergessen, sie entweder an einem anderen Ort aufzubewahren oder mit irgendeinem gewichtigen Gegenstand zu beschweren.
Heute habe ich deutlich gesehen, wie sie ein Lufthauch zu Boden gewirbelt hat.
Ich wachte auf, mitten in der Nacht, aus meinem tiefsten Schlaf, wie wenn meine Nerven mit einer elektrischen Batterie verbunden wären, die ein Signal gegeben hat. Das ist eine durchaus erklärliche Sache. Meine ganze innere Aufmerksamkeit, das

Eigentliche meines Wesens hängt an dieser Arbeit, ist auf sie gerichtet und fühlt sie als Bestandteil seiner selbst. Während ich schlief, war doch diese Aufmerksamkeit wach. Das Vorgefühl einer Gefahr für meine Arbeit hat meinen guten Schlaf unterbrochen.

Ich erwache und sehe mein Marmorgemach von einer mäßigen Helle durchtränkt. Es ist kein Mondschein draußen. Diese Helligkeit scheint der Widerglanz der vielen Marmordenkmäler dort draußen zu sein, der hier eindringt und sich mit dem eigentümlichen Leuchten vereinigt, das auch der Stein rings um mich ausstrahlt. Es ist eine Beleuchtung, die ich zum erstenmal sehe, ein Licht, das etwa an das Meerleuchten erinnert, oder so, als ob der Stein das Sonnenlicht, das er tagsüber eingesogen hat, nun in sanftem Schwingen wieder von sich gäbe.

Ich setzte mich in meinem Feldbett auf, das Phänomen regt mich ungemein an, denn sind es nicht eben die neuen Lichterscheinungen, die den Gegenstand meines Studiums ausmachen, von denen ich ausgehe, um eine gründliche Umwälzung in unseren Anschauungen vom Wesen der Materie zu unternehmen? Welche noch unbekannte Art geheimnisvoller Strahlen mag das sein?

In diesem Augenblick bemerke ich an der Hinterwand des Grabmales, an der Stelle, an der die Bronzeplatte eingesenkt ist, ein schwarzes, viereckiges Loch, als ob man diese Platte entfernt hätte.

Und zugleich ist es mir, als gehe ein sanfter Lufthauch über mich hin, der einen Geruch von verwelkten Blumen und verlöschenden Kerzen mit sich bringt, jener Geruch, der manchmal den Père Lachaise erfüllt. Dieser Hauch geht von dem Eingang meines Grabmales nach der Hinterwand, oder von dort zum Eingang, und ich sehe, wie er meine Zettel erfaßt, über den Tisch hinflattern läßt und zu Boden wirbelt.

Halb erschrocken, halb wütend springe ich aus meinem Bett, um den Rest meiner Arbeit zu retten. Die Zettel scheinen wieder an dem Marmor des Bodens festzukleben, als ziehe er sie an, es ist, als sei der Stein ein wenig feucht und klebrig, wie eine erstarrte Masse, deren oberste Schicht sich langsam aufzulösen beginnt.

Ich raffe meine Zettel mühsam zusammen. Dann erst fällt mir wieder die Bronzeplatte ein.

Aber sie ist da, ist an ihrer Stelle, ist von dem sanften Licht

bestrahlt, so daß ich sogar den Namen der Verstorbenen deutlich lesen kann.
Eine ungeheuere Aufregung erfaßt mich. Ich sehe mich vor ein neues Rätsel gestellt, vor eine neue Entdeckung auf dem Gebiet der geheimnisvollsten aller Kräfte, des Lichtes. Ich bin gewiß, daß es sich hier um eine neue Lichtgattung handelt, vielleicht um Strahlen, die wie die Strahlen Röntgens Metalle durchdringen, sie unter gewissen Bedingungen, unter einem besonderen Brechungswinkel ganz verschwinden zu lassen vermögen.
Von meinem Bett aus gesehen, war die Bronzeplatte fort.
Ich setze mich wieder auf das Bett, aber nun bleibt sie an ihrer Stelle. Ich habe den vielleicht einzigen Moment versäumt, in dem das Phänomen sichtbar gewesen war.
In dieser Nacht habe ich wenig geschlafen. Alle Methoden der Lichtuntersuchung bin ich im Geist durchgegangen, um die für diesen Fall beste herauszufinden. Erst in der Morgendämmerung, im langsamen Schwinden der seltsamen Strahlung vor dem Tag, habe ich endlich Ruhe gefunden.

Ab und zu kommen Neugierige vorüber, bleiben draußen stehen und versuchen, mich zu erblicken.
Es läßt sich denken, daß in allen Zeitungen über mich berichtet wird. Der Pariser kann es sich nicht vorstellen, daß ein Mensch ein ganzes Jahr lang freiwillig an einem Fleck bleibt.
Einige lachen mich einfach aus wie einen Narren, sie stehen draußen im Sonnenschein und grinsen; andere schütteln den Kopf über mich, wehmütig und mitleidig.
Oh, wenn ihr wüßtet, daß ich so gar nicht an dem leide, was ihr Pariser fast ebensosehr fürchtet wie den Tod: an der Langeweile! Wenn ihr wüßtet, was ich erlebe, wie meine Gedanken arbeiten, wie nicht einmal meine Nächte der Ruhe gehören.
Ein kleiner Journalist hat versucht, mit Notizbuch und Bleistift bei mir einzudringen; er wäre imstande, mich um meine zweimal hunderttausend Franken zu bringen, indem er mich zum Reden verleitet, nur um seiner Zeitung ein pikantes Feuilleton zu liefern.
(Übrigens wüßte ich wirklich ganz gern, was die Zeitungen über mich schreiben, ob sie mich als einen Helden hinstellen oder als einen Idioten. Und ich brauchte ja wohl nur Iwan zu sagen, daß er mir die Blätter bringen solle. Aber ich habe mir geschworen, nichts von dem erfahren zu wollen, was außerhalb des Ausschnittes aus dem Père Lachaise, den ich von

meinem Eingang überblicken kann, vorgeht; nichts in der Welt soll mich von meiner Arbeit ablenken.)
Mein kleiner Journalist hat mir brav zugesetzt. Ich habe ihm durch Gebärden bedeutet, daß ich schweigen müsse, und habe ihm endlich die Tür gewiesen, wenn ich den Spalt in der Marmorwand so nennen darf.
Ein anderer Besuch hat mich ärger aufgewühlt. Margot war da, sie getraute sich nicht heran, ich sah ihren schwarzen Hut mit den gelben Teerosen zwischen den Grabhügeln von ferne. Dann begann es zu regnen, ein Trupp Leute kam von einem Begräbnis zurück und an meiner Behausung vorbei. Sie blieben stehen, drängten sich aneinander und glotzten herein. Ein schwarzer Klumpen, mit naßglänzenden Schirmen darüber, jemand machte einen Witz, ein paar Leute verzogen die Gesichter.
Dann sah ich plötzlich, nur für einen Augenblick, zwischen zwei feuchten Schirmen, hinter einem feinen, dünnen Regenschleier Margots großen Hut, darunter das blasse, traurige Gesicht...
Die Gute!
Es ist ja auch für dich, Margot, daß ich hier drinnen sitze, auch für dich!

Es unterliegt für mich keinem Zweifel mehr, daß in dem Marmor dieses Grabmals intermolekulare Kräfte wirken, die der Wissenschaft bis jetzt entgangen sind.
Ich habe meine nächtlichen Beobachtungen fortgesetzt. Sobald völlige Dunkelheit eintritt, etwa gegen Mitte der Nacht, beginnt dieses rätselhafte Leuchten, dieser grünliche Schimmer, der von dem Stein auszugehen scheint. Ich wäre geneigt, anzunehmen, daß es sich um eine besondere Art von Marmor handelt, der tagsüber Licht einsaugt und es nachts in einer Phosphoreszenz wieder von sich gibt.
Dagegen spricht aber der sonderbare Umstand, daß sich durch diese Ausstrahlung auch die Struktur des Marmors selbst zu ändern scheint. Jener Eindruck, den ich schon zweimal hatte, wiederholt sich immer wieder. Die Oberfläche des Marmors scheint weich zu werden, wandelt sich zu einer zähen, gallertartigen Masse; zugleich sehe ich in dem unerklärlichen Licht die Zeichnungen und Adern des Steines, diese Farne, Moose, Seesterne, Korallenzweige und Flußsysteme deutlicher hervortreten, als kröchen sie näher an die Oberfläche heran.

Wenn ich über die Marmorquadern des Bodens hingehe, so ist es, als träte ich auf einen weichen Teppich, wenn ich die Wände betaste, sie vermeine ich, daß ein Druck meiner Finger zurückbleiben müsse.
Welch seltsames und glückliches Zusammentreffen, daß ich, im Begriff, eine grundlegende Arbeit über den Zerfall der Materie zu beginnen, eine Erscheinung kennenlerne, die in so engem Zusammenhang mit meinem Thema steht. Eine Erscheinung, die meine Theorie ganz wesentlich unterstützen wird, sobald ich sie erst nur gründlich untersucht habe.
Ich bin entschlossen, das zu tun, denn es ist ganz unzweifelhaft, daß diese Lichterscheinung und die Strukturveränderung des Marmors in engster Verbindung stehen, daß sie miteinander zu erklären und irgendwie aus den ersten und elementaren Gesetzen der Materie abzuleiten sind, genau so, wie mir dies mit allen anderen bekannten Strahlungserscheinungen gelungen ist.
Zu meinen Experimenten bedarf ich noch einiger Apparate. Ich habe Iwan ein Verzeichnis übergeben und ihn beauftragt, sie mir zu besorgen.
Er hat mich verständnislos angesehen und höhnisch gegrinst. Armer Teufel, er hat in seinem Asiatenschädel keine Ahnung von den wunderbaren Hochgefühlen des Forschers und Entdeckers.

Ich fange an, dick zu werden.
Wahrhaftig, so lächerlich dies ist, und so ungern ich mir das eingestehe – wenn ich mich nicht selbst belügen will: ich fange an, dick zu werden. Mein ausgehungerter Körper hat die Speisen mit einer solchen Gier in sich aufgenommen, daß sie ihm allzu gut angeschlagen haben.
Schon längst habe ich bemerkt, daß meine mageren Hände, diese Bündel aus Sehnen und Adern, ihr Aussehen verändert haben. Zwischen den Sehnen sind keine Vertiefungen mehr, die Adern liegen in Fettpolstern eingebettet, die Finger sind rund geworden. Meine hageren Beine haben die Hosen ausgefüllt, die spitzen Knie sind beim Sitzen gewölbt wie die Kuppel des Invalidendomes, und ich nehme beim Gehen eine ungewohnte Schwerfälligkeit wahr.
Heute aber habe ich einen unzweideutigen Beweis dafür erhalten, wie dick ich geworden bin.
Über meine Arbeit gebeugt, habe ich mich selbst und meine

ganze Umgebung vergessen. Plötzlich, mitten in einem Satz, zwingt mich etwas, die Feder hinzulegen und hinauszusehen. Ich erblicke ein Stück blauen Himmels und des Friedhofes in einem wundervollen Herbstsonnenschein. Langsam treibt ein orangefarbenes Lindenblatt bei dem Spalt des Grabmals vorüber. Es ist früh am Tag, die Gräber sind alle von den dünnen Fäden des Altweibersommers übersponnen, und jeder von ihnen trägt eine Reihe von funkelnden Tautropfen.
Eine unbändige Sehnsucht überfällt mich, Batholomès Grabdenkmal in diesem reinen kühlen Licht zu sehen, den Zug der Marmorgestalten aus dem Reich der Sonne in die Nacht des Grabes zu bewundern, alles Glücksgefühl auszukosten, das von einem großen Kunstwerk ausgeht.
Ich erhebe mich und trete in den Eingang, beuge mich vor und versuche, einen Blick auf das Denkmal zu werfen. Aber es gelingt mir nicht, mein aufgeschwemmter Körper füllt den schmalen Spalt aus, steckt in ihm drinnen wie in einer Falle, und nur, indem ich mich mit aller Kraft gegen die Seitenwände stemme, kann ich mich nach rückwärts befreien.
Ich muß mir die lächerliche Tatsache eingestehen, daß ich ein Gefangener bin. Ich, der spindeldürre Hungerleider, bin ein Gefangener meines Bauches geworden. Meine Gefräßigkeit hat mich um die Tröstungen und das Glück der Kunst gebracht.
Es ist kein Wunder, ich esse wie ein Drescher und mache keine Bewegung. Aber das soll anders werden. Ich werde von nun an mäßig essen und jeden Tag einen Dauerlauf von einer halben Stunde rund um meinen Tisch unternehmen. Was soll daraus werden, wenn mein Umfang weiter zunimmt und ich am Ende des Jahres mit meinen wohlverdienten zweimal hunderttausend Franken das Grabmal nicht verlassen kann? Heute will ich mit der Enthaltsamkeit beginnen. –
O lächerliche Tragikomödie der Gefräßigkeit! Was ist aus meinem schönen Vorsatz geworden? Ich halte ihn in meiner Seele festgenietet, mit den Hammerschlägen des Willens in alle Tiefen hineingetrieben, dicht neben allen anderen großen Entschließungen, neben meinem Glauben an mich selbst und an meine Arbeit. Noch als ich Iwan mit seinem Wägelchen zwischen den Gräbern, auf den sandbestreuten Wegen kommen sah, habe ich geprüft, ob alles fest säße und mich meines Willens gefreut.
Dann stand eine Schüssel vor mir mit einem verführerischen

Ragout. Im blanken Silber der Untertasse sah ich mein dickes, rundes Gesicht, und ich erneuerte meinen Vorsatz.
»Nein«, sagte ich, indem ich die Schüssel von mir schob, »ich möchte heute nichts als eine Schale Bouillon und ein Weißbrot.«
Iwan sah mich an, und sein Grinsen, der Blick, mit dem er meinen Umfang abzumessen schien, zeigten mir, daß er mich verstand. Stillschweigend schob er die Schüssel mit dem in Muscheln angerichteten Ragout zurück und schob eine Schale mit Bouillon von seinem fahrbaren Herd auf den Tisch. Schon, indem er sie vor mich hinsetzte, drang der Duft der schön gefärbten braunen Brühe so lieblich auf mich ein, daß ich meine festen Entschließungen wanken fühlte. Wie der Dampf einer Waschküche oder einer Färberei schließlich die stärksten Mauern durchdringt und zerstört, so zerstörte dieser liebliche Duft meinen Vorsatz, nur daß er keiner längeren Zeit bedurfte, als der eines Atemzuges. Und als ich den ersten Schluck getan hatte, überfiel mich ein wahrer Heißhunger. Mein Magen schrie nach Speise, als ob ich schon vierzehn Tage nichts gegessen hätte, mein Eingeweide krampften sich zusammen, ich warf alle Bedenken beiseite.
Iwan war wieder hinausgetreten und, indem er sich den Anschein gab, als bereite er alles zur Rückfahrt vor, entblößte er die Töpfe und Schüsseln seines Karrens und zeigte das weiße Fleisch des Geflügels, die braunen Krusten verschiedener Braten, das Farbengemenge eines italienischen Salates, das gelbliche Weiß des Creme-Übergusses auf einer Torte.
Ich stand auf, beugte mich über den Tisch und zog die Schüssel mit dem Muschelragout an mich. »Iwan«, sagte ich, »bringen Sie alles ... bringen Sie es ... ich habe doch Appetit bekommen.«
Im Augenblick des Niedersetzens sah ich mein Gesicht wieder im Spiegel der Untertasse. Ich hatte die Zähne gefletscht, die Augen rollten fürchterlich umher, mein ganzes Gesicht war von Gier verzerrt, ich sah aus wie ein Tier, dem man den schon gezeigten Fraß wieder entreißen will.
Von der ganzen Mahlzeit ist nichts übrig geblieben. Ich habe das Ragout verzehrt, sämtliche Braten und einen halben Truthahn aufgegessen, und ich mußte mir Zwang auferlegen, um nicht auch noch die Knochen zu zerbeißen und zu vertilgen – wie ein gefräßiger Hund.
Man muß es dem Koch, der diese Mahlzeiten nach den Anord-

nungen der Madame Wassilska zubereitet, nachsagen: er ist ein Künstler in seinem Fach. Ich glaube nicht, daß es möglich ist, noch besser zu kochen als dieser Mann. Jede Speise ist für sich vollkommen, und dabei sind sie so zu einer Mahlzeit abgestimmt, daß eine die andere hebt und fördert, daß sie wechselseitig ihren Wohlgeschmack zur Geltung bringen. Es ist unmöglich, einer solchen Mahlzeit zu widerstehen, die mit allem Raffinement hergestellt ist, lieblich zugleich für das Auge, die Nase und den Gaumen.
Ich segne den unbekannten großen Künstler – und ich verwünsche ihn. Denn es sieht aus, als würde ich dieses Grabmal wirklich nicht mehr verlassen, wenn es so weitergeht, es sieht so aus, als würde ich hier – gemästet.

Iwan hat mir die Apparate gebracht, die ich zu meinen Untersuchungen brauche. Er hat die Dinger mit diesem trübsinnigen und boshaften Grinsen vor mich hingestellt, das zwischen den Pusteln seines Gesichtes dahinrinnt, wie ein zäher Schleim. Wie soll er verstehen, was die Prismen, Fernrohre, Blenden, Glasröhren, elektrischen Elemente und photographischen Kameras bedeuten?
Das chemische Laboratorium der Universität hat mir diese Apparate in liebenswürdiger Weise zur Verfügung gestellt und einen schmeichelhaften Begleitbrief geschrieben, man schätze sich glücklich, einem jungen Gelehrten dienen zu können, dessen Ruf usw.
Wenn sie wüßten, zu welchem Zweck sie mir die Waffen liefern; daß ich darauf ausgehe, ihre ganzen mühsam errichteten Lehrgebäude niederzureißen, ihre Kapazitäten ans Messer zu liefern, in ihre strohenen Theorien die Brandfackel der Vernichtung zu schleudern. Meine ganze neue Lehre steht in meinem Kopf fest, meine Beweise sind in Stößen von Zetteln angesammelt – es handelt sich nur noch darum, die seltsamen Erscheinungen, deren Zeuge ich hier bin, meinem System zwanglos einzuordnen.
Vorläufig sind alle meine Mühen fruchtlos. Je gründlicher und sorgsamer ich untersuche, desto geheimnisvoller werden die Vorgänge.
Ich beobachte die ganzen Nächte hindurch. Wie könnte ich Schlaf finden, solange ich dem Rätsel dieser Strahlungen nicht auf den Grund gekommen bin? Sie gehören keiner der bisher bekannten und beschriebenen Gattungen an. Es ist ein schwa-

ches grünliches Schimmern, vollkommen deutlich erkennbar, das ohne jede ersichtliche Ursache aus den Wänden, dem Marmor auszugehen scheint.
Aber diese deutlich sichtbaren Strahlen, von denen man erwarten sollte, daß die Gesetze der Optik auch auf sie Anwendung finden müssen, können weder gebrochen, noch polarisiert, noch durch magnetische oder elektrische Felder abgelenkt werden. Ja, sie haben – und das ist geradezu unheimlich – sie haben überhaupt kein Spektrum. Sie gehen durch das Prisma hindurch, wie durch gewöhnliches Glas, sie verlassen es genau so, wie sie eingetreten sind, sie werden durch eine Linse weder konzentriert noch zerstreut. Sie zeigen keine chemische Reagenz und hinterlassen keinerlei Spur auf der photographischen Platte.
Sie sprechen überhaupt allen Naturgesetzen hohn.
Daß sie aber dessenungeachtet nicht ohne chemische Wirkungen sind, zeigt jene seltsame Begleiterscheinung: das Weichwerden des Marmors. Auch das ist keine Sinnestäuschung, ebensowenig wie der grüne Schimmer. Meine Hände fühlen es, meine Werkzeuge stellen es fest. Es beginnt in der Regel erst nach Mitternacht, als müßte der grüne Schimmer erst eine Weile eingewirkt haben, ehe der Marmor seine Struktur verändert. Es steigert sich gegen Morgen, erreicht nach Tagesanbruch, wenn der grünliche Schimmer verlischt, seinen Höhepunkt und verliert sich allmählich im Tageslicht. Tagsüber ist der Stein wieder hart und fest – wie Marmor sein soll.
Solange diese Erscheinung andauert, gibt der Stein dem Fingerdruck nach, läßt sich leicht einschneiden und stechen. Er verhält sich wie eine Gallerte, wie ein riesiger Quittenkäse, der in Erstarrung begriffen ist; ein Griff der Hand scheint Eindrücke zurückzulassen, die sich langsam wieder ausfüllen, der Messerschnitt bleibt eine Zeitlang sichtbar und verschwindet dann wieder. Dabei scheint der Marmor besondere anziehende Kräfte zu entfalten. Seine Oberfläche ist klebrig anzufühlen, leichte Gegenstände haften auf ihr, die Hand wird bei der Berühung ein wenig festgehalten und fühlt nachher ein leises Brennen.
Ich weiß nicht, wie ich alle diese absonderlichen und einander widersprechenden Phänomene miteinander in Einklang bringen soll.
Ich bin vollständig ratlos.
Und ich will tun, was jeder Gelehrte tut, wenn er vollständig

ratlos ist, ich will versuchen, mir eine Theorie aufzustellen. Eine Theorie, die sich mit meinem System vereinigen läßt.
Eine Zeitlang habe ich daran gedacht, ob diese Strahlungen nicht mit den von dem polnischen Ingenieur Rychnowski beobachteten Erscheinungen verwandt sein könnten. Rychnowski hat, mit der Anlage der elektrischen Beleuchtung im Landtagsgebäude in Lemberg betraut, folgendes wahrgenommen. Bei nächtlichen Versuchen mit einer von ihm konstruierten Dynamomaschine erschienen in einem neben dem Maschinenraum liegenden, von ihm durch eine meterdicke Mauer getrennten Zimmer kleine leuchtende Kugeln von grünblauer Farbe, und zwar immer in dem Augenblick, in dem eine Stromunterbrechung stattfand. Rychnowski schaltete nun, um diese rätselhafte Erscheinung genauer zu untersuchen, einen Apparat zur Stromunterbrechung ein, und es gelang ihm, eine größere Anzahl dieser selbstleuchtenden Kugeln zu erzeugen, die schließlich zusammenflossen, so daß ein kontinuierliches Leuchten entstand. Der Entdecker hält diese Kugeln für materiell und deutet sie auf das Vorhandensein eines noch unerforschten Stoffes, den er Elektroid nennt.
Haben diese selbstleuchtenden Kugeln des Ingenieurs Rychnowski im Lemberger Landtagsgebäude nicht eine unzweifelhafte Ähnlichkeit mit dem grünen Schimmer im Grabmal der Madame Wassilska? Die Beschreibung, die von diesem grünlichen Licht gegeben wird, könnte verführen, ja zu sagen. Aber wo ist hier die Dynamomaschine, die doch sicher irgendwie ursächlich mit den Beobachtungen Rychnowskis zusammenhängt? Und, abgesehen davon, daß die Wissenschaft vorläufig noch überhaupt dem Bericht des Ingenieurs ein wenig ungläubig gegenübersteht, die Richtigkeit seiner Beobachtungen zugegeben, so liegt die wesentliche Verschiedenheit darin, daß Rychnowski seine Lichtkugeln ausdrücklich als materiell bezeichnet.
Denn meine Lichterscheinungen sind ganz sicher immateriell oder vielmehr, da es ja eine Immaterialität irdischer Erscheinungen nicht gibt, sie liegen an den Grenzen der Meßbarkeit und Wägbarkeit und chemischen Reaktionsfähigkeit.
Mit einem Wort: ich halte sie für selbstleuchtenden Äther, für den sichtbar gewordenen Weltäther, der alles durchdringt und alles erfüllt, dessen Atomgewicht mit 0,0000096 des Wasserstoffatoms, dessen Geschwindigkeit mit 2240000 Metern in der Sekunde berechnet wurde.

Noch vor einigen Jahren konnte Poincaré in seiner »Mathematischen Theorie des Lichtes« schreiben: »Die Frage, ob der Äther wirklich existiert, hat für uns (nämlich die Physiker) wenig Bedeutung; das zu untersuchen ist Sache der Metaphysiker.«

Diese Äußerung Poincarés zeigt die ganze Kurzsichtigkeit eines sonst genialen Gelehrten in Dingen, die er von sich fernhalten zu müssen glaubt. O nein – diese Frage geht uns, die Physiker, ganz ungemein viel an. Seit Maxwell seine elektromagnetische Lichttheorie aufgestellt hat, seit wir annehmen müssen, daß die Elektrizität keine Naturkraft, sondern eine Substanz ist, seit zu den bisherigen chemischen Elementen zwei neue hinzugekommen sind; die positiven und negativen Elektronen, ist der Geltungsbereich des Begriffes »Kraft« viel enger geworden. Es war nur ein Schritt von da zu der kühnen Behauptung Mendelejeffs, des Entdeckers des periodischen Systems der Elemente, auch der Weltäther sei chemischer Natur, und auch er reihe sich in die Periodizität der Elemente ganz unten ein.

Damit und mit den bestätigenden Ausführungen Georg Rudorfs über Urmaterie und Lichtäther fällt die alte Ansicht von den Atomen, die sozusagen im Weltäther schwimmen, wie das Holz im Wasser und ihm eigentlich fremd seien. Nun – hier stehe ich an den Grundmauern meines eigenen Systems.

Die Atome bilden sich aus dem Äther selbst, sie sind Wirbelstürme im Äther, Zyklone, in denen er sich verdichtet, und sie entstehen an Stellen, an denen jene ungeheuere, unausdenkbar schnelle Bewegung der Ätherteilchen, die sonst geradlinig verläuft, sich in eine drehende Bewegung umwandelt. Und wie entsteht dieser Weltäther selbst? Hier ist das große Wunder, wo das Physische mit dem Metaphysischen zusammenhängt. Hier, Herr Poincaré, vollzieht sich der Übergang der Bewegung in die Substanz!

Der Weltäther ist nichts anderes als der Übergang der Kraft in die Materie. Energie ist nicht eine Eigenschaft des Stoffes, sondern sie ist das früher Vorhandene, aus dem der Stoff hervorgeht. So ist auch das Rätsel des Zerfalles der Materie gelöst, das unsere Physiker so beunruhigt, die Materie muß zerfallen, um wieder zu reiner Energie zu werden. Das Gesetz von der Erhaltung der Kraft ist richtig, aber seine Geltung beginnt schon vor der Geburt des Stoffes. Es gibt einen Kreislauf der Weltenergie, die aus sich erst die Materie bildet.

Darum ist der Weltäther zugleich materiell und immateriell, ist Element und Energie, er ist der Träger aller Erscheinungen der sichtbaren Welt, aber eben, weil er alle Eigenschaften annehmen muß, selbst nahezu eigenschaftslos. Darum kann ich an dem in meinem Marmorhaus aus unbekannten Ursachen selbstleuchtend gewordenen Äther keine der Eigenschaften des Lichtes experimentell feststellen.
Es sind aber doch Umstände da, die mich immer wieder mit Bestürzung erfüllen, so oft ich sie wahrnehme, weil sie doch auf Eigenschaften hindeuten, für die mir jede Erklärung fehlt. Ich meine das Verschwinden der Bronzeplatte an der Hinterwand des Grabmales. Diese Erscheinung stellt sich ganz plötzlich ein, und verschwindet wieder ebenso plötzlich, ohne daß ich eine Gesetzmäßigkeit beobachten kann.
Ich sehe mitten in der Nacht von meiner Arbeit auf, die Bronzeplatte ist fort. Ich erhebe mich, trete hinzu, um das Metall zu befühlen, – es ist wirklich fort, es ist aufgelöst, ohne eine Spur zu hinterlassen. Und nach einer Weile ist die Bronzeplatte wieder an ihrer Stelle. Es scheint mir notwendig, festzustellen, daß mit dem Wiedererscheinen der Bronzeplatte eine unangenehme Beklemmung, eine Art Atemnot und ein verzweifeltes Herzklopfen, das mich im Augenblick ihres Verschwindens überfallen hat, vorüber ist.
Des anderen Umstandes, der Strukturveränderung des Marmors, habe ich schon gedacht.
Und so muß ich am Ende meiner Erklärungsversuche immer wieder gestehen, daß ich so klug bin wie zuvor. Die unvereinbaren Eigenschaften dieser Strahlungen verwirren mich, und ich bin am Ende meiner zuversichtlich begonnenen Gedankengänge immer wieder im Zweifel, ob es wirklich der Weltäther ist, der nachts meine Behausung mit grünlichem Licht erfüllt.

Ich habe auf meine Frage eine Antwort erhalten.
Unter dem letzten Satz der Aufzeichnungen, die ich erst beim Grauen des Morgens beendet habe, um, bis zum Umsinken erschöpft, schlafen zu gehen, ist etwas hingeschrieben. Unter der Frage, mit der ich schließen mußte, steht:

»Es ist der Atem der Katechana.«

Wer ist Katechana? Was ist das? Die Antwort auf meine Frage gibt mir ein neues Rätsel auf.
Und wer hat mir diese Antwort gegeben? Das ist vielleicht das

Seltsamste an diesem ganzen Schwarm von Absonderlichkeiten, der mich umgibt.
Es scheint, auf den ersten Blick, meine eigene Schrift zu sein. Sie trägt alle charakteristischen Merkmale meiner Züge, das mitten entzweigebrochene K, das langgestreckte A. Aber man braucht nur genauer hinzusehen, um zu bemerken, daß es nur ein Versuch ist, meine Schrift nachzuahmen. Als hätte sich einer Fremder ihrer bemächtigt, um mich durch eine möglichst getreue Fälschung zu verblüffen.
Aber wer sollte wohl hier eingedrungen sein, um sich diesen Scherz mit mir zu machen?
Dann bleibt nur noch übrig, anzunehmen, daß ich selbst im Schlaf aufgestanden bin und die rätselhafte Antwort hingesetzt habe, mit meiner eigenen, durch den abnormalen Zustand meines Gehirns etwas veränderten Schrift.
Aber woher habe ich dann das Wort Katechana, von dem ich durchaus nicht weiß, was es bedeuten könnte. Aus einem Traum, aus den Abgründen des Bewußtseins, wohin kein Strahl des Wachens dringt?
Ich habe freilich noch keine Neigung zum Schlafwandeln an mir bemerkt, ich, dessen Körper mir niemals andere Streiche gespielt hat als durch Paroxysmen des Hungergefühls, ich, dessen Geist geübt war, auf den steilsten Hochgebirgspfaden der Forschung schwindelfrei zu gehen.

Immerhin: es ist nicht ausgeschlossen, daß ich in krankhafte Bewußtseinszustände verfalle. Ich muß mir eingestehen, daß mein Körper und mein Geist sich in einem seltsamen Widerstreit befinden. Während ich, von einer unheimlichen Freßlust gequält und meinen täglichen erneuerten Vorsätzen untreu gemacht, immer dicker werde, scheint mein Geist zu erschlaffen.
Ich habe die Gedankengänge von neulich, auf die ich jene rätselhafte Antwort bekam, nachgeprüft. Sie sind im allgemeinen richtig, aber ich finde sie doch im einzelnen plump und unzulänglich, ich vermisse den Scharfsinn, der sonst meine Arbeiten ausgezeichnet hat und selbst von meinen Feinden anerkannt werden mußte.
Trotzdem ich alle Fehler klar erkenne, bemühe ich mich nicht, sie zu verbessern, ich weiß auch gar nicht, wie ich es tun sollte. Viel wichtiger als alle anderen Fragen erscheint mir nun die, was das ist: der Atem der Katechana, als wäre in diesem Wort

wirklich die Erklärung für alle mich umgebenden Rätsel enthalten.

Ich bin überzeugt, daß dies alles besser werden muß, daß ich meine Klarheit wiedergewinnen werde, wenn ich erst diese ekelerregende Eßgier, diesen tierischen Trieb, mir den Bauch anzufüllen, überwunden haben werde. Der Kampf gegen diesen unersättlichen Hunger reibt mich auf. Und, wenn ich endlich genug habe, so möchte ich mir vor Abscheu vor mir selber und vor Scham über die Schwäche meines Willens am liebsten mein gedunsenes Gesicht zerfleischen, die weißen, weichen, fettgepolsterten Hände zermalmen, die die Speisen zum Mund zu führen gezwungen sind.

Ich habe nicht gewußt, daß auch dem Essen ein Kater folgen kann. So muß den Gänsen zumute sein, die gemästet werden, um große Lebern zu geben. Gemästet! *Es ist, als sollte ich gemästet werden*.

Aber zu welchem Zweck?

Heute habe ich seit langer Zeit zum erstenmal geschlafen.

Ich wollte gestern abend zu arbeiten beginnen, wie immer, aber mehr als je wirrten sich meine Gedanken durcheinander.

Gestern war der Allerseelentag. Eine ungeheuere Menschenmenge erfüllte von den ersten Morgenstunden bis zur Abenddämmerung den Friedhof. Paris war aufgebrochen, um seine Toten aufzusuchen, das Leben kam zu den Gräbern der Geschiedenen. Überall Kränze und Blumen und Kerzen, das Summen der vielen Menschen lag wie eine murmelnde Wolke über den Gräbern.

Fast den ganzen Tag standen Gruppen von Menschen vor meinem Marmorhaus. Die ersten Besucher waren zwei schwarzgekleidete Frauen, die ein kleines Mädchen zwischen sich führten. Vielleicht Gattin und Mutter und Kind eines Verstorbenen. Das Kind sah mich mit großen Augen angstvoll an: »Mama«, sagte es, »ist das der Mann, der ein Jahr drinnen bleiben muß?«

Die Frauen zogen die Kleine fort, sie empfanden es als zudringlich, mich anzustarren. Nach fünfzehn Schritten hatte das kleine Mädchen mich und seine ganze Friedhofsschau vergessen, hing sich an die Arme der Frauen, zog die Beine ein und ließ sich als schwebendes Englein ein Stückchen des Weges tragen.

Nicht alle Besucher waren so zartfühlend wie diese Frauen; einige machten den Versuch, mich in ein Gespräch zu verwikkeln. Der Himmel wechselte zwischen Sonnenschein und Regengewölk, ich habe von dem Tag nur einen allgemeinen Eindruck von Menschengruppen, bald im Licht, bald im Schatten. Endlich kehrte ich dem Eingang des Grabmals den Rücken zu.

Gegen Abend wurde es still.

Iwan brachte mir das Abendessen. Während ich dasaß und die Speisen hinunterschlang, trat noch jemand in den Türspalt. »Mein Herr«, sagte er, »entschuldigen Sie!« Es war ein junger Mensch mit einem frischen Gesicht, dem Anschein nach ein Handwerker, Verkäufer oder etwas dergleichen.

»Mein Herr«, wiederholte er, »bleiben Sie nicht länger hier ... ich rate es Ihnen, lassen Sie das Geld ... sie hat mich zweimal in den Hals gebissen ...« Da springt Iwan mit einem Satz vor, wie ein wildes Tier. So habe ich ihn nie gesehen, die struppigen Schnurrbarthaare scheinen sich zu sträuben. Er hebt die Faust gegen den jungen Menschen und dieser duckt den Kopf zwischen die Schultern, murmelt etwas und zieht sich scheu in die Dämmerung des wieder schweigsam gewordenen Friedhofs zurück.

»Wer war das?« fragte ich.

Iwan grinst: »Ich weiß es nicht«, sagt er mit seiner mühsam schnarrenden Stimme.

Aber ich weiß es – es ist der Bäckerlehrling ... der Bäckerlehrling der Madame Wassilska ... den sie in den Hals gebissen hat ...

Nach diesem Tag habe ich, müde von der andauernden Willensanspannung, die ich den Gaffern entgegensetzen mußte, geschlafen wie ein Toter.

Mein Erwachen war, als schwebe ich in ein Gefühl des Unbehagens hinein ... Ich verspüre ein Brennen an meinem rechten Unterarm und an meinem Hals. Mein Blick fällt auf eine kleine eingetrocknete Blutkruste oberhalb des Handgelenkes. Sie sitzt an den Rändern einer kleine Wunde, die aus einer Reihe gegenüberstehender Verletzungen besteht ... als sei ich dort gebissen worden. Gebissen ... ich finde kein anderes Wort für diese Art von Wunde. Und ringsum ist die Haut auf etwa Handtellergröße weißlich gefärbt und schlaff, eine blutleere Stelle, als sei dort die Nacht über ein Pflaster mit irgendeiner ziehenden Salbe aufgelegt gewesen.

Ich greife nach dem Hals und finde dort eine ähnliche Wunde.

Ich will nicht nachdenken, wer mir diese Verletzungen zugefügt haben könnte. Sollte der Sergeant Bertrand doch Nachahmer bekommen haben? Sollte es Menschen geben, die ein bestialisches Gelüste nicht unterdrücken können, die nachts auf Friedhöfen umherstreichen und Leichen zerfleischen und es auch nicht verschmähen, Schlafende anzufallen? Die Nächte werden sehr kühl. Ich will von nun an immer die Tür meiner Behausung fest verschließen. Dann muß auch bald ein Ofen aufgestellt werden, wenn ich nicht in diesem Marmorgefängnis krank werden soll.

Ich frage Iwan, welche Vorkehrungen er für den Winter treffen will. Er schaut mich an, als ob er mich nicht verstünde. Irgendeine dunkle Stimme hat mir gesagt, ich möge meine Wunden vor diesem Menschen verbergen. So habe ich einen hohen Kragen genommen und die Manschette am rechten Ärmel weit über das Handgelenk vorgezogen. Aber nun werden mir die Blicke des Russen peinlich, es ist, als untersuchten sie meinen Körper, ich fühle mich wie einer, der ein geheimes Gebrechen an sich hat.

»Ich brauche einen Ofen!« sage ich wütend, »einen Ofen ... verstehen Sie.«

Er nickt.

Plötzlich fällt mir etwas ein. »Hören Sie, Iwan«, sage ich ... »warum haben Sie eigentlich nicht selbst ... es waren doch zweimal hunderttausend Franken zu verdienen. Das ist doch ein Vermögen. Und es war doch jedem freigestellt ... warum haben Sie sich eigentlich nicht selbst gemeldet?«

Da sehe ich zum erstenmal, daß dieser wortkarge, mürrische Mensch, dieser Automat, von einer inneren Macht ergriffen wird. Sein Gesicht verzieht sich zu einer Grimasse des Entsetzens, seine verkrüppelten Hände mit den verbogenen Fingern strecken sich weit vor, und wie ein erschreckter Papagei kreischt er, schnarrt er:

»Nein ... nein!«

Ich weiß nicht, warum ich bei diesem Nein gleichfalls von Entsetzen gepackt werde, warum ich plötzlich zittere, warum mich eine solche Angst befällt, als sei ein siedendheißer und zugleich eiskalter Strom in mich ergossen.

Ich greife nach dem Weinglas, um diese Aufregung zu bemeistern.

Die Manschette verschiebt sich, zieht sich zurück. Der Blick Iwans fällt auf die Wunde oberhalb des Handgelenkes.
Das Entsetzen weicht von seinem Gesicht, macht einem Grinsen Platz, das zwischen den eitrigen Pusteln stockt und zerrinnt...

Margot war da.
Sie stand zwischen den Marmorwänden des Eingangs, der große Hut mit den gelben Rosen war von einem kahlen Baumwipfel überragt. Ihre Augen waren voll Tränen, die über ihre blassen, abgehärmten Wangen glitten. Sie stand da, wie eine Abgesandte des Lebens, die Versuchung in eigener Person, als habe sie Paris geschickt, die Stadt, die ich da unten summen höre. Fast eine Stunde lang dauerte dieser Kampf der Liebe.
»Ernest«, sagte sie, »ich bitte dich ... komm von hier fort. Liebst du mich denn nicht mehr? Ich habe dir deinen Willen gelassen ... ich wollte nicht, daß du glauben solltest, ich besäße nicht die Kraft, die du hast. Aber nun kann ich es nicht mehr länger zugeben, daß du hier bleibst ... wenn ich dich nicht von hier mit mir nehmen darf ... o Ernest, wie siehst du aus? Welcher Unsinn, deine Gesundheit und dein Leben aufzuopfern, um des Geldes willen. Waren wir nicht glücklich, wir beide, obzwar wir nicht wußten, wie wir die nächste Miete bezahlen sollten? Denk an die Abende auf meinem Zimmer, an die Spaziergänge in Fontainebleau, an die große Zeche, die wir machten, und zu der uns gerade fünf Sous fehlten ... wenn du mich liebst, so komm von hier fort.«
Ich stand drei Schritte entfernt, hielt mich mit beiden Händen an dem Rand des Tisches. Tausend Worte der Liebe lagen mir auf den Lippen, tausend Versicherungen meiner Sehnsucht und Zärtlichkeit drängten mir aus dem Herzen. Aber ich durfte nicht sprechen, wenn ich meinen Preis ehrlich gewinnen wollte. Ich konnte nur meine Augen sprechen lassen. Aber wie konnten meine Blicke das alles sagen, was zu sagen nötig gewesen wäre, warum ich nicht von hier fort konnte, daß ich nicht all das umsonst auf mich genommen haben wollte, daß ich nun erst recht entschlossen war, das Geld zu gewinnen; daß ich schon deshalb nicht fort konnte, weil ich ein Gefangener meines Leibes war; und vor allem deshalb nicht, weil ich mir vorgenommen hatte, hinter das Geheimnis dieses Grabmals zu kommen, zu erfahren, was das sei – der Atem der Katechana.
Es war sehr schwer. Margot weinte. »Oh ... du weißt ja nicht,

was die Zeitungen über dich schreiben ... was deine Freunde sagen ... du hast einen Bericht über deine Beobachtungen an die Akademie geschickt ...«
Man sprach und schrieb also darüber, daß ich einen vorläufigen Bericht über die geheimnisvollen Strahlen aus meinem Gefängnis hatte ausgehen lassen. Nun – sie mochten sagen, was sie wollten – meinetwegen, daß ich verrückt geworden sei ...
»Willst du, daß es Wahrheit wird, was die Leute sagen ... oh, wie ich dich liebe, Ernest, wie ich dich liebe ...«
Ich konnte es nicht länger ertragen. Ich fühlte, daß ich schwach wurde, und winkte ihr mit beiden Händen, sich zu entfernen ... ich wandte ihr den Rücken zu, stand so lange, bis ihr Schatten von dem Marmorboden wich, bis ihr Schluchzen zwischen den Gräbern verhallte. –
Aber sie ist in der Nacht wiedergekommen, die Treue, die Gute, die beste Geliebte, die je ein Mann gehabt hat. Sie hat den Schrecken des Friedhofs, vor denen sie sonst zitterte wie ein Kind, getrotzt.
Wer sonst sollte es gewesen sein, als Margot?
Ich erwache des Nachts aus dem dumpfen Schlaf, in den ich nun immer verfalle. Und ich fühle, daß ich nicht allein bin. Jemand ist bei mir, hat sich über mich geworfen und küßt mich so schmerzhaft, daß es ist wie Bisse. In dem grünlichen Schimmer sehe ich eine Frau, ich fühle sie ... ich erwidere die Küsse, ohne ein Wort zu sprechen ... ich darf nicht sprechen, aber küssen darf ich. Und Margot preßt mich mit einer wütenden Kraft an sich, mit aller Kraft der Sehnsucht und Verzweiflung. Margot – wer sonst sollte es gewesen sein, als Margot? Mein ganzer Körper ist mit Wunden bedeckt ... mit Bißwunden, den Spuren der wilden Küsse.
Ich wanke kraftlos herum, mein Fleisch ist wie blutleer ... die Muskeln liegen schlaff und schwammig unter der welken Haut.
Und die Wunden heilen nicht zu ... es werden abscheuliche Narben daraus, eitrige Pusteln ... genau so wie die Pusteln Iwans.
Und Margot kommt jede Nacht ... jede Nacht.

Iwan hat gesprochen.
Ich weiß, was das ist, die Katechana ... ich habe es ihm entrissen.

Ich sah es seinen Augen an, daß er es wußte, an diesen tückischen Blicken, mit denen er meine Wunden betrachtete, sie abzuschätzen und zu zählen schien; ich habe diesen prüfenden Kennerblick bei Preisrichtern in einem Boxkampf gesehen, als die beiden blutenden, zerschundenen Gegner nicht abließen, aufeinander loszuschlagen...

Und auf einmal war es mir ganz klar, daß Iwan wußte, was das sei, die Katechana.

Ich sehe ihn noch, wie er vor mir zurückweicht, da ich auf ihn zuschleiche, um ihn beim Hals zu packen. Er drückt sich in eine Ecke, und ich stehe vor ihm...

»Wer ist das, die Katechana?« frage ich.

Und da sehe ich, wie seine Angst sich in Trotz wandelt, in jene höhnische Frechheit, die ich mir schon zu lange gefallen ließ.

Er blinzelt mich tückisch an, aber ich weiß, daß er jetzt die Wahrheit sprechen wird. »Sie nennt sich so«, schnarrt er.

»Wer?«

»Sie hat es auf Kreta gelernt. Sie lebte ein halbes Jahr an den Abhängen der Leuka Vrune, und ich mußte ihr Schafe bringen, die sie zerriß.«

»Was bedeutet das ... Katechana?«

»Es bedeutet dasselbe ... was in Albanien Wurwolak heißt und in Bulgarien Lipir, was die Tschechen Mura nennen, die Griechen auf den Ruinen von Sparta Bourkolak und die Portugiesen Bruxa ... sie war bei allen diesen Völkern...«

»Das sind Namen ... Elender ... was es bedeutet, will ich wissen...«

»Es bedeutet eine, die nie genug haben kann an Blut und dem Opfer der Mannheit, die über den Tod hinaus...«

Ich lasse ab von ihm, ich weiß genug.

Ich werde hier in einem marmornen Gefängnis gemästet ... ich werde gemästet ... mein schwammiger, aufgetriebener Leib ist nur ein Behälter für recht viel Blut, die Gefäßwände müssen sich ausdehnen, um recht viel des Saftes aufnehmen zu können – für einen Vampir, der jede Nacht kommt, um sich satt zu trinken.

Und meine Mannheit ist durch diese verbrecherisch gewürzten Speisen aufgestachelt, durch geheime Mittel aufgereizt.

Sie trinkt meine Kraft fort, sie saugt mein Leben ein, und je mehr ich davon hergebe, desto voller und stärker wird der Balg des Vampirs. Die Gestalt, die mir anfangs leicht und luftig

erschien, wie eine Wolke, ist in den letzten Nächten körperhaft schwer geworden, lastet auf mir ...
Ihr Atem durchdringt den Stein und umhüllt mich mit einem grünlichen Schimmer. Er zersetzt den Marmor ... oder aber, es könnte sein, daß die Veränderung des Marmors nur scheinbar ist, daß nur ich es so fühle, weil mein ganzer Körper von ihrem Atem getränkt ist, weil meine Muskeln und meine Nerven, meine Sinne und mein Gehirn vollgesogen sind mit diesem leuchtenden Gift der Verwesung ...

Nun bin ich wieder vollkommen ruhig, da ich alles weiß:
Jetzt erst fühle ich, daß ich in der letzten Zeit meiner selbst nicht ganz mächtig war, daß ich in einem Zustand beklommener Betäubung dahinwankte.
Aber nun habe ich wieder meinen Mut.
Ich bin entschlossen, mich nicht zu ergeben, jetzt da ich weiß, gegen welchen Feind ich gerüstet sein muß. Ich bin entschlossen, meine zweimal hunderttausend Franken zu gewinnen, gegen die Katechana und alle Schrecken des Grabes ...
Da sie körperlich zu werden vermag, muß sie den Gesetzen der Körper unterworfen sein. Da sie Leben zu gewinnen vermag, muß sie noch ein zweitesmal sterben können ...
Und damit zerreiße ich alles, was mich einspinnt. Ja – einspinnt, im ganz tatsächlichen Sinn des Wortes. Denn ich bin dahintergekommen, daß sie ein Netz um mich gewoben hat. Nicht genug an dem, daß ich selbst hier bleiben will, um meine zweimal hunderttausend Franken nicht zu verlieren, daß das Marmorhaus mir zum Gefängnis geworden ist, weil ich nicht mehr hinaus kann – sie hat mich zur Sicherheit noch in ein Netz gesponnen.
Meine Beine sind am Gehen gehindert, bei jedem Schritt stoße ich an elastische, klingende Fäden, die nur langsam nachgeben. Jede Bewegung meiner Hände ist erschwert, dadurch, daß ich erst diese Fäden heben und beiseite schieben muß ... und sie weichen nur einem starken Druck ... über mein Gesicht huscht es unaufhörlich dahin, wie das Gewebe eines Spinnennetzes, wie wenn man im Sommer auf einsamen Waldwegen geht. Nur daß es Fäden eines unsichtbaren Metalles sind. Ich höre sie klingen, ich habe immer das feine Läuten im Ohr, mit dem sie schließlich zerspringen.
Oh, ich werde dieses Netz zerreißen ... ehe es zu fest wird ...
*Heute nacht!*

Es ist geschehen.
Ich bin befreit.
Die Katechana wird mich nicht mehr quälen. Ich habe ihr meine zweimal hunderttausend Franken entrissen. Ich bin Sieger.
Heute nacht habe ich gelauert, so wach, wie nie in meinem Leben.
Das Summen der Stadt dort unten wird leiser. Ich habe die Tür offengelassen, trotz der Herbstkälte, um dieses Summen zu hören, das mir vom Leben erzählt, vom Leben, in das ich mich mit meinen zweimal hunderttausend Franken stürzen will.
Auf den Nachtwolken ist der Widerschein der vielen Lichter. Ab und zu wird dieser Schein heller, in regelmäßigen Zwischenräumen, durch das Aufblitzen einer Lichtreklame, die eine Badewanne verspricht, eine Theatervorstellung, eine Vergnügungsreise...
Ich warte geduldig.
Gegen Mitternacht wird der grüne Schimmer in meinem Gefängnis stärker. Ich schaue gespannt auf die Bronzeplatte mit dem Namen Anna Feodorowna Wassilska ... ich atme aber ruhig, als ob ich schliefe...
Und nun ist es, als löse sich die Bronzeplatte langsam in dem grünen Schimmer auf, als werde sie dünner, als woge ein leichter roter Dampf im grünen Leuchten hin und her. Nun wolkt das letzte davon, verdampft, verschwindet ... eine viereckige schwarze Öffnung klafft im Marmor.
Und daraus dringt nun wieder ein Hauch hervor, ein Dunst, wie Atem an kalten Wintertagen, ballt sich zusammen, wird dichter, nimmt Formen an.
Und auf einmal steht jemand an meinem Lager ... ich sehe die Augen der Madame Wassilska, die derbe Nase, den vollen Mund, dessen blutrote Lippen langsam von den starken, weißen, spitzen Zähnen zurückweichen ... jeder Zug, den ich von dem Bild kenne, das man mir gezeigt hat.
Sie beugt sich über mich, küßt mich...
Ich schlage meine Hände in ihren Hals, ich fühle meine Nägel in ihr Fleisch dringen ... sie röchelt, schlägt um sich, stemmt ihre Arme gegen meine Brust ... aber ich halte sie und lasse nicht nach.
Ich falle von meinem Lager, wir wälzen uns auf dem Boden ... ich immer mit den Händen in ihrem Hals, ich spüre das Zucken

in ihrem Körper, oh, eines aus meinem Blut gebildeten Körpers, der ist, wie der eines lebenden Menschen…

Wie ein Hund hänge ich an ihr, meine Zähne packen ihre Gurgel…

Ihr Wehren wird schwächer … hört auf … sie leistet keinen Widerstand mehr … aber ich will sicher sein, daß ich wirklich gesiegt habe. Blut füllt meinen Mund, ah … es ist ja nur mein eigenes Blut, das ich zurücktrinke.

Nun liegt sie lange schon still.

Ich erhebe mich … ein süßer Geschmack erfüllt meinen Mund, die Lippen kleben leicht aneinander, meine Hände sind von Blut überronnen – meinem eigenen zurückgewonnenen Blut.

Sie liegt langhingestreckt am Boden – die Katechana; und mein Marmorhaus ist dunkel. Der Atem der Katechana ist erloschen. Ich sitze die ganze Nacht, ohne Licht zu machen. In mir selber ist es hell. Ich bin befreit.

Grau und trübselig dämmert der späte Herbstmorgen.

Die Katechana liegt am Boden, langhingestreckt, mit durchbissener Kehle. Sie ist ein zweites Mal tot, diese Madame Wassilska. Ich sehe ihr ins Gesicht.

Oh, – sie hat mir noch einen letzten Schrecken antun wollen, da sie vor mir weichen mußte. Sie hat die Gestalt Margots angenommen.

Sie wollte mich glauben machen, ich hätte Margot getötet …

Ich stoße den Balg mit dem Fuß von mir. Iwan wird sich wundern.

Der Tag bricht an.

Ich bin befreit…

# Ein außerordentlicher Unglücksengel

Der 27. april 1877 muß für Tom Lowell in der festverschlossenen hand eines außerordentlichen unglücksengels gelegen haben, denn nicht nur das schiff, auf dem er als steuermann fuhr, strandete vor der jütischen küste, auch er selbst wurde mit schweren inneren verletzungen, ein teil des mastes war ihm gegen die brust gefallen, an land geworfen und von einem gewissenlosen menschen ermordet und ausgeplündert.

Simon, ein mann von etwa vierzig jahren, war gegen einbruch der dunkelheit, gleich nach aufhören des ungewitters, zum strand hinuntergegangen; er hoffte, angeschwemmtes gut nach dem von ihm beobachteten, sehr erwünschten schiffbruch vorzufinden. Es wäre nicht zum ersten mal gewesen, daß er einen wertvollen kasten oder ein gut gefülltes fäßchen aus dem wasser fischte. Aber anstatt auf dieses oder jenes zu stoßen, traf er einen zu tode erschöpften schiffbrüchigen an, der in bewegten worten bat, ihn nach einem halbwegs trockenen ort zu schaffen, einen arzt zu besorgen, er wolle ihm dafür auch anständig geld geben, er habe davon genug in einem gürtel um den leib.

Diese vertrauensvolle rede kostete Lowell das leben. Simon Pedersen, ein wegen seiner brutalität gefürchteter und deshalb außerhalb der menschlichen gesellschaft lebender stranddieb, drosch dem unglücklichen engländer so lange gegen den schädel, er schwang seinen krückstock wie ein holzfäller die axt, bis er gewiß war, einen entseelten leichnam vor sich zu haben. Dann schnallte er seinem opfer den gürtel ab, nahm das verborgene geld heraus und wandte sich zum fortgehen. Es waren nagelneue amerikanische golddollars.

Da nun Tom Lowell auf so grausige weise sein leben gelassen hatte, griff die hand des außerordentlichen unglücksengels nach einer anderen maus; der bereits im weggehen begriffene Simon erblickte im schein seiner sturmlaterne die noch ziemlich neuwertigen stiefel des ermordeten. »Nein«, fuhr es durch das lasterzerfressene gehirn des mörders, »dieses ausgezeichnete paar stiefel kann und darf ein rechtschaffener christenmensch nicht dem salzwasser überlassen – man ist doch kein hansnarr!«

Aber so sehr er sich mühte und abplackte, das nasse schuhwerk wollte nicht von den angeschwollenen füßen des toten. Da alles nichts nützte, ergriff Simon sein schweres klappmesser und trennte dem widerspenstigen leichnam die stiefel samt den beinen ab; diese würden schon herausfallen, dachte er, wenn er sie erst einmal eine weile in den kamin hinge.
Die stiefel mit den abgeschnittenen beinen baumelten im warmen kamin, und Simon lag in seinem lumpigen bett. Es war ein wenig über mitternacht, als es plötzlich an der türe der verlotterten hütte leise pochte. Simon, der wie alle gesetzlosen einen leichten schlaf hatte, fuhr auf, sprang aus dem bett und blinzelte durch ein guckloch, das in der türfüllung eingelassen war. Draußen stand im fahlen licht des mondes der steuermann der gesunkenen *Anna Mathers* oder, besser gesagt, er kniete an der schwelle jener räuberhöhle, es fehlten ihm ja die beine.
Dem aus allerhand träumen gerissenen strandmörder richtete sich das fuchsrote haar zu berge, er wollte es kaum seinen augen glauben, aber das furchtbare gespenst an der schwelle war existent und begann nun immer heftiger gegen die schwache türfüllung zu trommeln und schien weder durch gutes zureden noch durch die gräßlichsten flüche fortzubringen zu sein.
»Was willst du überhaupt noch von mir, du angeschwemmtes fischfutter?« brüllte Simon Pedersen durch die verschlossene türe.
Zwei schreckliche augen starrten ihn durch das guckloch an: »Mein grab, du verdammter messerschleifer…!«
Der um einiges verkürzte körper des toten seemannes war von einem phosphorartigen, grünen glanz umflossen, die stimme aber schien von sehr weit herzukommen, vielleicht vom mond herab oder aus den frostig funkelnden sternen…
Simon vernahm nun hinter sich einen dumpfen fall: die im kamin baumelnden stiefel waren mit ihrer schaurigen füllung in die langsam verlöschende glut geplumpst.
»Gib mir mein grab und meine beine!« rief abermals die unweltliche stimme. Doch der habgierige mörder tat nichts dergleichen, sondern befestigte die abgefallenen stiefel wieder an dem haken, daran für gewöhnlich der suppentopf hing. Weil er aber die nacht nicht schlaflos verbringen wollte, das gepolter des toten steuermanns hatte ja bereits unwirkliche dimensionen angenommen, riß er die türe seiner hütte auf, ergriff den schrecklichen gast beim brustlatz und schleppte ihn an den

rauschenden strand zurück, wo er ihn schlampig in den feuchten sand einbuddelte. Darauf lief er in seine spelunke zurück und schlief bis gegen mittag gut und fest.
Ob sich Simon Pedersen, der nach dieser nacht noch zwanzig Jahre bei leben und gesundheit war, wohl daran gewöhnt hat, den von ihm ermordeten Tom Lowell allnächtlich aufs neue zu begraben?
Genau siebentausenddreihundertundvierzehnmal noch pochte jener beinlose besucher an Simons hütte und verlangte sein grab und die längst vermoderten stiefel und beine.
Ja, dieser außerordentliche unglücksengel ließ herrn Pedersen bis an sein unseliges Ende nicht mehr aus der festverschlossenen Hand.

HANNELORE VALENCAK

# Umkehr in Çiftehan

Jetzt bin ich es schon gewohnt, allein zu verreisen. Es ist eine Vorübung auf die Einsamkeit, auf eine andere als die selbstgewählte, und damit kann man nicht früh genug beginnen. Es sind noch keine zehn Jahre her, seit ich mit Gregor auf derselben Straße wie heute fuhr: von Ürgüp über Yeşilhisar nach Niğde, von der Hochfläche mit ihrer regenzernagten und windgeschliffenen Irrsinnslandschaft aus Tuff in eine weite, grüne Ebene hinab, über der jetzt eine lockere Wolkendecke und ein leuchtender, irisierender Sprühregen hing. In der Nacht waren über dem Taurus, der weiter im Süden lag, schwere Unwetter niedergegangen. Die Bergketten waren von brodelnden Dünsten verhängt, doch die Ebene unten in ihrem glimmernden Grün unter rosa Schleiern lag im Perlmutterglanz.
Damals, als ich hier mit Gregor gefahren war, war die Luft bis in große Höhe voll Staub gewesen. Der Staub hatte alles wie eine Kruste aus Gips bedeckt. Aber trotz vieler Enttäuschungen, die wir erlebten, ist jene Reise mit meinem Mann, die unsere letzte gemeinsame Reise gewesen war, in meiner Erinnerung eine glückliche Zeit. Heute war das Reisen Gregors Beruf. Ich sah ein, daß er seine Freizeit in Ruhe verbringen wollte, statisch, kontemplativ, in Garten und Haus. Und er sah ebenso ein, daß ich, die ich eine monotone Büroarbeit hatte, zum Ausgleich gelegentlich reisen wollte. Wir gaben uns Mühe, einander nicht zu vermissen. Ich durfte nicht böse sein, daß ihm das besser gelang als mir. Mein Zusammenleben mit ihm war auf Einsicht und Rücksicht gegründet. Zu manchen Zeiten sagte ich mir, das sei der solideste Boden für eine Ehe, die, so wie wir beide, nicht mehr die jüngste war. Dann war es mir wieder, als schwimme der Boden mir fort und ließe mich in einer unheimlich leeren Welt, in der ich gar nicht wirklich existierte, zurück, als wäre ich nur noch eine Skizze meiner selbst. Auch jetzt, auf der Fahrt in die Südtürkei, fühlte ich das.
Je weiter ich in das Flachland hinunterfuhr, um so mehr verdichtete sich das geheimnisvoll glimmende Grün in die handfesten Farben von regenzerweichten Äckern, und der ehemals leuchtende Schleier wurde zu lichtlosem Dunst. Ich fuhr durch

einen Ort mit triefenden Bäumen. Bahçeli, »Im Garten«, hieß er. Ich erinnerte mich an ihn von der Reise mit Gregor und dachte an die verstaubten Granatapfelbäume mit ihren birnenförmigen, lederhäutigen Früchten, die an gebogenen Zweigen über die Mauern gehangen waren. Das Laub war ganz fahl von der Hitze gewesen. Jetzt war es von den Gewittern aufgefrischt. Es war früh im Juni. Die Granatäpfel blühten noch, klein und feuerrot wie aufgesperrte Vogelschnäbel im Laubnest.

Im Umkreis von Bahçeli waren die Felder zerstört. In ausgedehnten, seichten Lehmwasserseen wateten Gruppen von Männern in hohen Stiefeln. Oft fuhr ich durch solch eine sprudelnde, ackerbraune, die ganze Straßenbreite bedeckende Riesenpfütze und hörte den harten Anprall des Wassers am Bodenblech.

Bevor ich die Straßenkreuzung erreichte, an der es rechts nach Konya und links nach Tarsus ging, mußte ich aus dem Hochtal noch tiefer hinab. Eine kurze, aber enggewundene, mit vielen Steinen bedeckte Paßstraße lag vor mir. Ich war unversehens in eine Kolonne von Lastwagen, Autobussen und Öltransportern geraten, die Mühe hatten, sich um die Kurven zu zwängen. Sie waren nicht nur durch ihre Schwere und Breite behindert, sondern blieben, sobald ein Fahrzeug entgegenkam, auch ohne Notwendigkeit auf offener Strecke stehen, und aus den Fahrerkabinen wurden Köpfe gereckt. Eine Frage wurde gestellt, eine Antwort gegeben, ein Gespräch mit lebhafter Mimik und vielen Gebärden begann. Doch es klang nicht wie ein Dorf- und Familientratsch, den man an ungeeigneter Stelle abhielt. Mir fiel auf, daß die Mienen und Gesten immer die gleichen waren, die Frage war immer besorgt und die Antwort gewichtig, die Stimmen waren jedesmal aufgeregt.

Ich erreichte die Kreuzung, an der es nach Konya ging. Um dort hinzukommen, hätte ich mich nach rechts wenden müssen wie damals auf der Reise mit Gregor. Diesmal wollte ich durch die Kilikische Pforte, ein uraltes enges Flußtal, ans Mittelmeer und von dort auf der Küstenstraße westwärts fahren.

Ich hatte erst eine kurze Strecke, vielleicht ein paar hundert Meter zurückgelegt, als ein entgegenkommender Lastwagen neben mir hielt, dessen Fahrer mir gestikulierend etwas mitteilen wollte. Mit weiten, wuchtigen Armschwüngen zeigte er an, daß etwas Großes und Schweres herabgestürzt war. Wo-

hin? Vom Gebirge ins Tal, auf die Straße nach Tarsus. Ein paar türkische Worte, die ich zum Teil verstand und zum Teil aus unheilvoll grollenden Lauten erriet, machten mir klar, daß ich umkehren sollte. Die Straße nach Tarsus sei durch die schweren Wetter vermurt. Ich mußte über Konya und Silifke fahren. Ich beriet mich mit mir und kam rasch zu einer Entscheidung. Ich wollte mich von meiner Absicht nicht abbringen lassen. Es war mir lieber, durch die Kilikische Pforte zu fahren. Der Umweg über Konya war zu groß. Doch war ich mir nicht ganz sicher, ob das der wirkliche Grund war oder ein Vorwand, den ich vor mir selbst verschwieg.
Ich war zuversichtlich genug, den Versuch zu wagen. Umkehren würde ich erst, wenn es notwendig war. Es war mir ein Ansporn und eine Bestätigung, daß ich auf gerader Strecke nun zügig vorankam. Die Straße war gut asphaltiert und keineswegs unheilverkündend. Autos begegneten mir, und ich nahm es als gutes Zeichen. Dann kam ich zur Mure und lächelte, weil sie so klein war. Es gab eine unbedeutende Stauung an ihr, eine Autokolonne verlangsamte ihre Fahrt und hoppelte über einen Hügel von Straßenkot. Hernach ging die Reise weiter, und nichts war passiert. An einer Talenge lag eine zweite Mure, ein wenig ausgedehnter und steiniger als die erste. Auch sie überquerte ich relativ mühelos. Doch bald darauf, als ich auf die dritte stieß und sah, daß das schon ein riesengroßer Bergbrokken war, der einen Personenwagen mit sich geschleppt und über eine Böschung gestoßen hatte, gab man mir abermals einen dringenden Rat zur Umkehr. Es war merkwürdig, daß er mich erschauern ließ. Ich fürchtete mich, aber nicht vor dem Weiterfahren. Die Muren auf der Straße erschreckten mich nicht. Ich schrak vor dem Umweg über Konya zurück. Das war mehr als nur Widerwille – das war Angst. Ich hatte das Gefühl, daß die Fahrt, zu der man mir riet, auf eine besondere Weise gefährlich war, nicht als ob mir dort etwas geschehen könnte, sondern, als ob dort etwas geschehen sei. Es schien mir aber nicht ratsam, es zu ergründen.
Ich packte entschlossen das Lenkrad, gab vorsichtig Gas und ließ mein Auto die dritte Mure erklettern, die von den Radspuren schwerer Lastwagen wild zerpflügt war. Mein Auto zog taumelnd und heulend seine Spur durch den Kot, über Brokken von Felsgestein, die es krachend boxten, an schnalzenden Zweigen entwurzelter Sträucher vorbei und kam noch einmal unversehrt auf festen Asphalt. Nur noch die robusten Fern-

laster fuhren in meiner Richtung. Die kleineren Fahrzeuge waren schon umgekehrt. Wir kamen zu einem Ort namens Çiftehan. Hier war eine alte Karawanserei gewesen. »Çiftehan« bedeutete »doppeltes Haus«. Das betraf und berührte mich, das war mehr als ein Wort, und wieder wollte ich nicht wissen, in welcher Hinsicht.

Die Straße erweiterte sich zu einem geschotterten Platz, der vermutlich als Rastplatz für Fernlaster angelegt war. Jetzt drängte sich alles auf ihm, was nach Tarsus wollte. Wo der Rastplatz aufhörte, lief die Straße auf einen Fluß zu. Ich sah reißendes Hochwasser und ein Brückengeländer und eine aufgestaute Wagenkolonne davor. Es gab keine Bewegung und keinen Motorenlärm mehr. Und als ich nach vorn ging, um nachzuschauen, von welcher Art dieses neue Hindernis war, sah ich, daß aus einer Schlucht ein Gießbach gekommen und nicht in das Flußbett abgeströmt war. Ein hoher Erdriegel staute das Wasser zum See.

Ich wußte sofort, daß ich hier jetzt nicht durchfahren konnte. So würde ich warten wie die anderen auch. Schon richteten sie sich auf dem Rastplatz zum Bleiben ein, ließen sich Tee aus einer Lokanta bringen, kauften in einem Laden frisches Brot, das schon an Ort und Stelle gebacken wurde, und ließen ihre Lebenszeit, die hier in Çiftehan soviel wie überall galt, mit großem Gleichmut durch die Finger rinnen. Es wunderte mich, daß sie so wenig Notiz von mir nahmen, als sei überhaupt nichts dabei, daß ich bis hierher gelangt war, oder sogar, als könnten sie mich nicht sehen, als wäre ich in Wirklichkeit gar nicht hier. Ich trat in den Laden und kaufte ein Brot und war froh, seine Wärme und damit mich selbst zu fühlen. Dieses Brot existierte für mich und machte mich glaubhaft. Ich war hier nicht fehl am Ort. Oder war ich es doch?

Abermals ging ich zur Brücke und schaute zu, wie einer der Lastwagen sich durch das Wasser mühte und fast bis über die Räder darin verschwand. Eine Schar Männer half mit, sie keuchten und schoben, doch keiner schaufelte den Erdriegel fort oder grub eine Rinne, durch die das Stauwasser abfließen konnte. Es war keine naheliegende Lösung für sie.

Sie waren fremd und hatten fremde Gedanken. Ein unbegreiflicher Abstand war zwischen uns, so fühlbar wie der Abstand zwischen mir und der Welt, zwischen mir und diesem Ort namens Çiftehan, an dem ein Irrweg für mich zu Ende war. Ich mußte umkehren und über Konya fahren, auch wenn es mir unangenehmer als vorher war. Jener Weg war mir vorgeschrieben und dieser verwehrt. Ich wurde von hier zurückgedrängt und gab nach.

Die Rückfahrt über die verwüstete Straße war indessen noch schwieriger und gefährlicher geworden. Zwischen den breiten tiefen Spuren der Lastwagenräder waren steinige Riegel herausgequetscht, die mein Auto in eine bedenkliche Schräglage drückten. Die kopfgroßen Steine, die das Geschiebe mitgeschleppt hatte, waren herausgeackert und lagen mir störrisch im Weg. An den Bergflanken hatten sich schon wieder Wolken gestaut, schwammige, naßgraue Regenwolken. Jeden Augenblick konnte es wieder zu schütten beginnen. Ich wußte, daß ich in Gefahr war, doch ich fürchtete mich nicht.

Das Unbehagen fing erst wieder an, als das letzte Hindernis überwunden war, als ich auf gerader Straße durch flaches Land nach Konya fuhr und mich gegen das Nachdenken wehrte. Und es war doch so naheliegend, an Gregor zu denken, mit dem ich vor Jahren durch diese Landschaft gefahren war. Ich sah links, weit weg, die Höhenzüge des Taurus, mitten im Juni mit frischem Schnee bestäubt, und rechts die fahlen, faltigen Hügel aus hartem Vulkanstaub. Das war der anatolische Trokkenraum. Er war damals, in jenem ausnehmend heißen September, ganz tot und bleich gewesen. Jetzt lag er im grünen Flor. Konya hätte ich beinahe nicht wiedererkannt. Der Regen hatte die Luft entstaubt und alle üblen Gerüche nach Gärung und Pferdeurin und nach faulendem Straßenunrat herausgewaschen. Es war eine milde, entspannende Kühle in ihr. Es wäre die richtige Luft gewesen, um eine Weile in Konya spazierenzugehen und die Versäumnisse von damals nachzuholen, denn vor zehn Jahren hatte uns diese Stadt mit ihrer Bruthitze, ihrem Lärm und ihrem Gestank vertrieben. Nur das Kloster der tanzenden Derwische hatten wir aufgesucht, das außerordentlich schöne Mewlanakloster, das heute nur noch ein Museum und eine Grabstätte ist. Es war für Gregor und mich eine große Erinnerung, und diese mußte unbedingt aufgefrischt werden, obwohl ich noch bei Licht an das Meer kommen wollte und es mir nicht leisten konnte, viel Zeit zu verlieren.

Ich durchschritt einen großen Garten mit Bäumen und Gräbern und trat durch die Silberne Pforte in die Türbe. Da standen, genau wie damals, die Sarkophage, mit reichbestickten Decken umhüllt. Über die Grabstätten und den ehemaligen Tanzraum, die Semahane, wölbten sich Kuppeln, schwer von

Formen und Farben und leicht von den schwebenden Tonfolgen einer Musik. An diesem Ort und allein an ihm war alles seit zehn Jahren unverändert. Ich schaute dieselben Geräte und Inschriften an und hörte die gleiche ewige Melodie, eine Art Flötenmusik ohne Anfang und Ende, nicht anschwellend noch verebbend, nicht jagend noch feierlich breit, nur heiter, gelassen und freudig, damals wie jetzt. Wenn draußen beinahe zehn Jahre vergangen waren, wenn ein feuchtgrüner Juni einen staubigen Frühherbst ersetzte, so war hier im Mewlanakloster der gleiche Tag, die gleiche Stunde und der gleiche Moment, denn die Zeit, die das Maß jeder Änderung ist, hatte hier nichts verändert, somit existierte sie nicht. – Oder? Ich machte mir klar, daß mein Mann nicht bei mir war, und alles wurde zu einem Gedankenspiel. Ich gab mir Mühe, Gregor an seinem Aufenthaltsort wenigstens in Gedanken aufzuspüren, damit mein Irrtum nicht so ernüchternd wäre, und stellte mir vor, wie er lebte und was er tat. Er war als Montageingenieur an der Elfenbeinküste und würde dort noch viele Monate sein. Bestimmt hatte er nicht viel Muße, an mich zu denken. Es war ein lächerlicher, sinnloser Wunsch, ihn durch Illusionen an meine Seite zu holen, indem ich vergangene Zeiten heraufbeschwor und mir einredete, daß sie gar nicht vergangen waren.

Ich fuhr weiter. Zum zweitenmal lag der Taurus vor mir, doch diesmal führte die Straße, breit und gut angelegt, auf Höhenrücken hinauf, die lockeren Kiefernwald trugen. Das rotmarmorierte, robuste Gestein war überall dort, wo es schroff an die Straße herantrat, eher ein Schutzwall als eine Gefahr. Ich fuhr einen sicheren Weg – so wie damals mit Gregor. Das Grauen, die unvernünftige Angst, die immer noch in mir sprungbereit waren, bestritt ich. Es gab keine bessere Straße über den Taurus als diese. Überdies war sie wirklich schön. Es gab Abendsonne aus aufgelockerten Wolken – ein warmes, gelbes, vertrauenerweckendes Licht – und hellauf blühende Oleandersträucher. Sie bedeckten die Hänge, sie füllten das Flußtal an, das tiefe und steile Göksu-Tal. In diesem Fluß war Kaiser Rotbart ertrunken. Ich hielt beim Gedenkstein kurz an und las die Inschrift. Bald würde ich in Silifke sein, und die dumme Angst vor dem aufgezwungenen Umweg würde sich als Auswirkung meiner Nervenanspannung erweisen. Ich wünschte, ich hätte es mit Gregor so schön gehabt, es hätte nur etwas Kleines geblüht, auch wenn es voll Staub war. Schon Disteln hätten genügt, doch die hatte es auch nicht gegeben.

Auf der Weiterfahrt war ich entspannt und beinahe schon sorglos. Ein paar flache, harmlose Kurven lagen vor mir, und dann wußte ich plötzlich, daß nun diese eine kam, die eng und gefährlich war und nach außen hing. Noch ehe sie da war und ich sie sah, straffte ich mich und stemmte mich an und machte mich instinktiv bereit, einen heftigen Anprall abzufedern. Ich wußte, jetzt kam es – ganz gleich, was es war. Das war der Moment, vor dem ich Angst gehabt hatte. Und dies war der Ort, den ich hatte meiden wollen, als ich starrsinnig über die Muren gefahren war.

Dann sah ich das gelbe Auto. Es hing im Gestrüpp und war aus der Kurve geschleudert worden – wie damals. Ich wollte wegschauen und vorüberfahren, wollte nicht wissen, was das für ein Auto war – als hätte ich es nicht schon seit Stunden gewußt. Ich hielt und näherte mich dem verunglückten Fahrzeug, auf dessen eingedrücktem, zerknittertem Heck ich die Kennzeichentafel mit unserer Nummer sah. Dann kam Gregor schmutzig und blutverschmiert auf mich zu und flehte mich an, in Silifke Hilfe zu holen. Da drinnen im Auto sei seine Frau. Sie hätte sich eine Pulsader bei dem Unfall zerschnitten.

Ich stand ihm stumm gegenüber und sah einen Mann, der zehn Jahre jünger als Gregor und trotzdem Gregor war. Sein Blick wurde scharf und eindringlich, als er mich sah, doch sagte er nicht, was es war, das ihm an mir auffiel. Er war noch völlig benommen, von dem überstandenen Schock. Ich ging näher an unser Auto heran und hütete mich, einen Blick hineinzutun und zu sehen, wie entsetzlich bekannt die Gesichtszüge der verunglückten Frau mir waren. Da ich mein Gesicht halb abwandte, sah ich nur ihren Arm. Er ragte zum Fenster heraus und trug einen Druckverband, und aus dem Handgelenk quoll mit jedem Pulsschlag Blut. Ich sah den offenen Handteller, bläulichweiß, und darin ein Linienmuster, das ich kannte. Ich brauchte nur meine eigene Hand zu öffnen, um in ihr das vollkommen gleiche Muster zu finden.

»Ich bitte Sie«, sagte Gregor, »beeilen Sie sich. Sie müssen einen Arzt in Silifke finden. Ich kann meine Frau nicht ohne Betreuung lassen, und fortbringen kann ich sie auch nicht. Helfen Sie uns!« Ich nickte verstört und entsetzt und sagte kein Wort, damit er mich nicht an meiner Stimme erkannte.

Ich stieg in mein Auto und fuhr gegen Silifke, um Hilfe herbeizuholen, wenn es gelang. Schaudernd, ermattet, benommen fuhr ich dahin und war von Anfang an fast ohne Hoffnung. Sobald ich außer Sichtweite war, hielt ich an und kämpfte verzweifelt meine Übelkeit nieder. Ich mußte nur warten, bis ich meine Fassung wiedergewann, dann würde ich auch meine Kräfte wiedergewinnen. Ich schloß die Augen und legte den Kopf zurück, doch statt zu Kräften zu kommen, ermattete ich noch mehr und immer noch mehr, bis auch mein Wille erlosch. Mein Auto stand in einer Straßenausbuchtung, wo eine Quelle aus einer Stützmauer rann und blühender Oleander mich umgab. Ich hörte das Wasser rinnen und war sehr froh, daß in meiner Einsamkeit etwas Lebendiges da war. Ein murmelnder, glitzernder Brunnenstrahl, ein Gesprächspartner, der keine Antwort von mir wollte. Ich war schon zu müde zum Reden und schlief ein.

Als ich wieder erwachte, war mir sehr kalt. Der Druckverband hatte meinen Arm ganz gefühllos gemacht. Etwas an mir war schon tot und tat nicht mehr weh. Ich hörte, daß Gregor zu mir sagte: »Jetzt wird sie bald Hilfe bringen. Fürchte dich nicht.« – Gern hätte ich ihm gesagt, daß ich ganz ohne Angst war und daß ich auch die seine nicht mehr verstand.

Eine Zeit, die lang oder kurz sein konnte, da ich sie nicht mehr völlig zur Kenntnis nahm, verging. Ich litt brennenden Durst und bat Gregor, mir Wasser vom Brunnen zu bringen. Er aber sagte, es sei kein Brunnen da. Vor der Windschutzscheibe sah ich zerfetztes Gestrüpp und keine blühenden Oleandersträucher. Und alles, was ich in den Dünungen meines Bewußtseins, das kam und verebbte, hörte, war Gregors Weinen. Mir war jetzt entsetzlich kalt. Gregor umschlang mich fest und konnte mir doch nichts von seiner Wärme geben. Ich fühlte mich immer noch matter und kälter werden. Gregor flüsterte: »Weißt du, was merkwürdig war? Die Frau, die dir Hilfe bringen wird, sieht aus wie du.« – Er konnte das alles noch merkwürdig finden – ich nicht. Für mich ist es klar, wer sie ist und schon bald nicht mehr sein wird. Nie könnte Gregor begreifen, wie einfach das ist und daß es ein Grund für ihn wäre, nicht mehr zu weinen. Ich möchte ihm etwas zuliebe tun, zum Dank, daß er Angst um mich hat und mich wärmen möchte. Was kann ich noch tun? Ach, gar nichts. Nur wünschen kann ich ihm etwas. Ich wünsche ihm ein Leben, in dem er mich nicht vermißt.

PETER DANIEL WOLFKIND

# Umleitung über Lemberg

Es war in Slowenien. Auf der Strecke zwischen Rohitsch-Sauerbrunn und Windisch-Feistritz. Oder Rogaška-Slatina und Slovenska-Bistrica, wie die beiden Orte jetzt heißen. Auf jener kurvenreichen, vor allem von leber- und gallenkranken Österreichern befahrenen schlechten, alten Straße, die durch mehrere meist endlos geschlossen bleibende Bahnschranken unterbrochen wird. Ich fahre diese Strecke sehr oft und kenne sie wirklich gut. Das sanfte Auf und Ab der Hügel, alle durch den Eigensinn der angrenzenden Bauern verursachten tückischen Windungen der Straße, die Bauernhäuser mit den vielen Kukuruzkolben unter den noch mit Stroh oder Schindeln gedeckten Dächern. Und die verwitterten Wegtafeln mit den ungenauen Kilometerangaben.

An einem klaren Dezembertag, kurz vor Weihnachten, war ich wieder unterwegs auf dieser Strecke. Ich staunte. Die Landschaft schien mir verändert. Ich kannte diese Gegend im Frühjahr, wenn die Wiesen gelb von Primeln waren und auch später, wenn die Zwetschgenbäume ihre kleinen schneeweißen Blüten trugen; ein mühseliges Frühjahr für die Weinbauern, die auf den Hängen in ihren Weingärten gruben, und auch ein mühsamer Sommer mit wenig Regen, mit viel Jäten auf den Erdäpfel- und Rübenäckern. Auch den Herbst kannte ich dort mit den bunten Bäumen und den Weingärten, die von weitem aussehen wie eine strammstehende Armee farbenfroh kostümierter Zwerge. Auch im Winter war ich diese Strecke schon gefahren. Die Straßen waren meist schlecht gestreut. Hasenspuren verloren sich im Schnee.

Doch diesmal lag noch kein Schnee. Zäune, Dächer, Leitungsdrähte, Bäume, Sträucher – alles war mit dickem Rauhreif überzogen. Daß Rauhreif die Welt so verändern könnte, hätte ich nie gedacht. Alles war gleich lebendig, und alles war gleich tot. Man hätte meinen können, die Masten der Leitungsdrähte und die Häuser wären genauso gewachsen und hätten dieselben Wurzeln unter der Erde wie die Bäume in den Feldern.

Die standen da in dichten Reifpelz gehüllt, so weiß und so üppig, als würden sie blühen. Und manche bei der herbstlichen Ernte vergessene Äpfel und manche Zwetschgen, die noch an

den Ästen hingen, sahen von der Ferne aus wie riesige, weiße Rosen oder Tulpen aus den Gärten einer fernen, unbekannten Welt. Und in manchem Baum, an dem ich vorbeifuhr, vermutete ich Daphne. Vielleicht hatte sie sich, ohne ihre Anmut zu verlieren, auf der Flucht vor Apoll verwandelt. Jenseits der Mühsal, jenseits aller Leidenschaft waren die vom Rauhreif überzogenen Formen. Wie Dante und Beatrice oder Tristan und Isolde, die sich zu ewigem, ungestörtem Glück gefunden hatten, erschien mir manches Baumpaar, das an mir vorüberzog, so eng, so innig, so rein waren die eisblühenden Zweige ineinander verschlungen. Und auch das Licht der weit im Süden stehenden Sonne blieb unwirklich und kühl, ließ den Formen ihre Schönheit, und wenn sich der Reif da und dort löste, so schwebte er sanft zu Boden oder blieb schon vorher auf einem anderen Ast, einem versessenen Halm oder an einem Mauervorsprung hängen.
Die Harmonie dieses Tages war durch nichts getrübt. Das Warten an den geschlossenen Bahnschranken fiel mir diesmal leicht. Der Frachtzug war schon längst vorübergekeucht, als sie sich langsam wieder hoben. Nicht einmal, als die Straße plötzlich durch eine Sperre endete, war ich ungehalten. Auf einer großen Stange, die man auf zwei Pflöcken quer über die Straße gelegt hatte, hing eine Tafel mit einem Pfeil, der auf einen schmalen Weg wies.
Ich kannte diese Abzweigung. Gefahren war ich sie allerdings noch nie. Bald nach Rohitsch-Sauerbrunn, wo die Straße ansteigt, ist rechter Hand an einem Mast eine kleine Holztafel angebracht, auf der in schwarzer Schrift »Lemberg« steht.
Warum sollte ich nicht einmal über Lemberg fahren? Ich bog in den schmalen, von Karren- und Traktorrädern zerfurchten Weg ein. Die Fahrt war wenig angenehm. Ich mußte achtgeben, nicht in die Wegfurchen zu geraten. Meine Ölwanne, mein Benzintank und mein Auspuff waren in Gefahr.
Ich fuhr sehr langsam, da ich fürchtete, einem Auto zu begegnen. An ein Ausweichen war auf diesem schmalen Weg nicht zu denken.
Rauhreif bedeckte auch hier die Landschaft, und das abgeklärte Licht der Sonne gab ihm manchmal eine bläuliche Färbung. Dann und wann stieß eine Amsel oder eine Elster, die über die Felder flatterte, große weiße Flocken von den Sträuchern, die den schmalen Weg säumten, und sie fielen sanft gegen meine

Windschutzscheibe, blieben eine Zeitlang daran hängen, bis sie abrutschten.
Plötzlich fuhr ich im Schatten. Um mich herum aber lag alles im Sonnenlicht. Und noch bevor ich Zeit hatte zu schauen, woher der Schatten kommen könnte, überholte mich mit großer Geschwindigkeit ein schwerer Transportwagen.
Ich konnte mir nicht erklären, wie dies möglich war. Der Weg war so schmal, daß ich ihn kaum allein passieren konnte; wie war es möglich, daß dieser schwarze Wagen mir vorfuhr, ohne mich zu rammen, ohne an den Bäumen und Sträuchern am Wegrand anzustreifen? Ich war sehr erschrocken, bremste und hielt an. Ich erschrak noch mehr: auch der schwere Wagen vor mir blieb stehen. Nach einer Weile fuhr ich weiter, da setzte sich dieser auch wieder in Bewegung. Ich hoffte, er würde nun ebenso schnell wieder verschwinden, wie er mich überholt hatte, da ich den Gestank vor mir herfahrender Lastautos nicht vertrage.
Der schwere Wagen aber schien auf mich zu warten. Fuhr ich schneller, wurde auch er schneller, wurde ich langsamer, verringerte auch er seine Geschwindigkeit. Er fuhr gerade so, daß ich knapp hinter ihm herfahren mußte. Ich konnte nicht mehr sehen, wohin mein Weg führte. Ich sah vor mir nur die schwarze Rückseite des hohen, verschlossenen Lastwagens.
Ich war über die Rücksichtslosigkeit dieses Fahrers ungehalten und versuchte, seine Visage aus dem Rückspiegel des Lastwagens zu entnehmen. Doch der war von dichtem Rauhreif überzogen. Also konnte der Fahrer mich auch nicht sehen. Wie hatte er dann bemerken können, daß ich stehenblieb? Wie konnte er sehen, daß ich die Geschwindigkeit änderte?
Ich bekam Angst. Besonders, als ich bemerkte, daß der Wagen keinen Auspuff hatte, keine Abgase verursachte, sondern völlig lautlos vor mir herfuhr. War es vielleicht ein batteriegetriebener Laster? Dazu war er wieder zu groß. Er fuhr auch zu schnell.
Ich hielt nochmals an. Und wieder blieb auch er stehen. Ich stieg aus und ging vor, um dem Lenker zu sagen, er solle diese dummen Witze lassen und so schnell, wie er mich überholt hatte, auch weiterfahren. Als ich zur Fahrerkabine des Wagens kam, stellte ich zu meiner Verwunderung fest, daß kein Chauffeur darinnen saß. Unter Aufbietung meiner ganzen Courage stieg ich auf das Trittbrett. Aber niemand war im Wagen. Auch nicht die Spur eines Menschen. Kein Rock, keine Fla-

sche, kein Handschuh. Nur ein unbesetztes Volant. Ich ging vor das Auto. Auch dort entdeckte ich niemanden. Das einzige, was man auf beiden Türen zur Führerkabine in geschwungenen Buchstaben sehen konnte, war die Aufschrift »Mirogoj«.
Ich ging zurück zu meinem Wagen. Sobald ich den Gang einlegte, setzte sich auch das Fahrzeug vor mir wieder in Bewegung. So fuhren wie eine Zeitlang hintereinander her. Nach und nach resignierte ich. Der Rauhreif auf den Bäumen wurde allmählich schwächer. Schließlich sah ich eine zerbeulte blecherne Ortstafel. Lemberg.
Nun also konnte es doch nicht mehr sehr weit sein bis zur Hauptstraße, hoffte ich. Doch da hielt der Wagen vor mir plötzlich an. Ich befand mich auf einem geräumigen Parkplatz. Ich sah viele Fahrzeuge aller Nationen und Typen.
Ich suchte nach der Ausfahrt aus diesem Automeer, aber ich konnte sie nicht finden. Sollte ich denselben Weg wieder zurückfahren? Ich suchte nach den Besitzern der Autos. Doch kein Mensch war zu sehen. Ich stieg aus.
Eine Zeitlang irrte ich ratlos von einem Wagen zum anderen. Wie durch viele Lautsprecher verstärkt, hörte ich eine Stimme. Sie rief: »Mirogoj.« Dasselbe Wort, das ich auch an den beiden Türen des führerlosen Lastwagens gelesen hatte.
Ich schaute in die Richtung, aus der die Stimme kam, und entdeckte einen schmalen Fußweg, der vom Parkplatz weiterführte. Die Landschaft wirkte hier überhaupt nicht winterlich. Offensichtlich war dieses Lemberg, von dem ich außer dem Parkplatz zwar noch nichts gesehen hatte, klimatisch sehr günstig gelegen. Auf den riesigen Birken, die den Platz umstanden, waren noch Blätter. Und auch die Sträucher, die den kaum einen halben Meter breiten Pfad, den ich eben gesehen hatte, säumten und überdachten, trugen Laub und kleine schwarze Beeren, ähnlich dem Liguster. Die Furcht und die Unruhe, die ich während der Fahrt verspürt hatte, waren hier auf dem Parkplatz von mir gewichen. Ich beschloß, diese schmale, dunkle Strauchschlucht zu durchschreiten.
Ich bereute meinen Entschluß schon nach den ersten Schritten. Äste, die gespickt waren mit kleinen, silbrig glänzenden Dornen, schnellten gegen mich. Bald stachen mich diese Nadeln im Gesicht, bald an den Armen, bald an den Beinen. Und als ich die Sträucher näher betrachtete, sah ich dahinter zwei abgezehrte, schmächtige Frauen in dunklen Kleidern. Sie liefen von

Strauch zu Strauch und spickten die Zweige mit neuen Dornen, die sie kleinen Schachteln entnahmen. Dann hängten sie sich mit ihrer ganzen schmächtigen Last an die Zweige und ließen sie in dem Augenblick, in dem ich vorbeiging, mit schrillem Kichern gegen mich schnellen.
Hinter mir hörte ich Schmerzensschreie. Als ich mich umschaute, sah ich mehrere Gestalten, die gleich mir von den unglaublich behende hin und her laufenden schwarzen Strauchweibern mit Stachelzweigen traktiert wurden. Je weiter ich voranging, desto schwächer fühlte ich die auf mich einhackenden Zweige. Endlich kam ich zum Ende dieses merkwürdigen Heckenweges. Vor mir lag Lemberg. Auch hier war von winterlicher Kälte nichts zu spüren. Lemberg bestand aus ganz wenigen, eng an mehrere Berghänge gebauten Landhäusern. In den Fenstern der Veranden spiegelte sich sehr stark die Sonne. Ich mußte die Augen ganz eng zusammenkneifen, um nicht geblendet zu werden. Meine Sonnenbrille hatte ich im Wagen gelassen.
Die Sonne selbst war durch einen der vier hoch aufsteigenden Berge verdeckt. Diese vier Berge waren nicht bewaldet, auch keine Wiesen gab es an ihren Hängen; der blauschwarze Stein war von senkrechten, parallel verlaufenden Furchen durchzogen. Diese ungefähr einen Meter breiten Furchen gaben den Bergen das Aussehen riesiger blauer Kakteen. Auf wenigen Vorsprüngen bemerkte ich kleine Weingärten, zu denen aber kein Weg führte.
Auch die Häuser, die über tiefen Schluchten lagen, waren untereinander nicht mit Wegen verbunden.
Es reizte mich eigentlich wenig, den einzigen Weg, einen schmalen, in schwindelerregender Höhe zu einem Haus führenden Saumpfad, zu gehen. Da es aber die einzige Möglichkeit war, weiterzukommen, und mir eine nochmalige Passage des Heckenweges wegen der beiden Frauen, von denen ich auf einmal wußte, daß sie Schwestern waren, wenig einladend schien, entschloß ich mich doch, diesen Weg einzuschlagen.
Kaum hatte ich ihn betreten, hörte ich wieder, diesmal aus der Richtung des Hauses kommend, auf das ich zuging, mit starker Stimme das Wort »Mirogoj« rufen. Obwohl ich mit dem Weg genug beschäftigt war und achtgeben mußte, nicht in die steil abfallende Kluft, die sich rechts von mir auftat, hinunterzufallen, verstand ich plötzlich das Wort »Mirogoj«. Es heißt Friedensgegend. Wie ich inzwischen erfahren habe, heißt

der Berg über Agram, auf dem sich der große Friedhof befindet, auch so.
Endlich war ich beim Haus. Ein Landhaus mit Flachdach. Die Tür stand offen. Ich trat in die Diele. Ich erinnere mich nicht mehr an deren Einrichtung. Nur an den Spiegel neben der Kleiderablage. Ein Zerrspiegel, der die Augen merkwürdig vergrößerte und durch bestimmte optische Effekte das Gesicht faltenlos machte. Der Mund erschien sehr klein und zusammengequetscht. Ich veränderte die Position meines Gesichtes. Doch der Ausdruck blieb derselbe.
Ich verweilte ziemlich lange vor dem Spiegel. Als ich zurücktrat, sah ich zu meinem Schrecken, daß eine hohe terrakottafarbene Bodenvase, die dem Spiegel gegenüber stand, in diesem aussah wie in Wirklichkeit. Ich griff zu meinem Mund und fühlte, daß er tatsächlich so klein und spitz geworden war, wie der Spiegel ihn zeigte.
Mein Schrecken wich bald wieder der gleichgültigen Neugier, mit der ich alles um mich beobachtete. Auch der harte Schlag, mit dem die schwere Haustür zufiel, beunruhigte mich nicht mehr. Ich versuchte gar nicht, sie wieder zu öffnen. Ich wußte, daß ich den Weg, den ich gekommen war, nicht mehr zurückgehen konnte.
Also ging ich weiter. Bald stand ich auf der großen, weit über die tief abfallende Schlucht hinausragende Terrasse des Hauses. Ich sah die Weingärten, in denen große Trauben an den Reben hingen, und ich sah die seltsamen Furchen in den Bergen. Da trat plötzlich ein Mann auf mich zu. Ich würde ihn heute nicht mehr erkennen. Sehr höflich gab er mir zu verstehen, daß ich meine Kleider ablegen solle. Es war sehr warm hier in Lemberg. Ich schwitzte in meinem pelzgefütterten Wintermantel.
Der unbekannte Herr nahm mir den Mantel ab und gab mir als Ersatz einen wetterfleckähnlichen grauen Umhang, dessen Ränder dunkelgrün besetzt waren. Zwei schösselartige Stofflatze hingen mir von den Ärmelöffnungen über die Brust, als hätte ich einen altmodischen Schwalbenschwanz verkehrt angezogen. Obwohl mir dieses neue Kleidungsstück höchst ungewohnt war, fühlte ich mich ganz wohl darin. Es paßte mir auch. Gerne hätte ich mich in einem Spiegel betrachtet. Doch ich wollte nicht mehr zurückgehen in die Diele. Irgend etwas hielt mich davon ab.
Der freundliche Garderobier verneigte sich leicht und machte

eine höflich einladende Geste, als würde er mich auffordern, als erster durch eine Tür zu gehen. Es gab aber keine Tür. Verstand ich die Geste des Mannes recht, so sollte ich vom Rand der Terrasse in die Schlucht springen.
Begreiflicherweise sträubte ich mich. Der neben mir wiederholte seine stumme Aufforderung. Die Terrasse hatte kein Geländer. In unmittelbarer Nähe sah ich ein anderes Haus. Auf dessen Terrasse drängten sich Leute, ähnlich gekleidet wie ich. Zögernd standen sie am Rand der Terrasse. Dann sprangen sie. Ich schaute ihnen nach. Die meisten von ihnen stürzten nicht ab, sondern schwebten sanft zu grottenähnlichen Öffnungen in den Bergen.
Manche fielen in die Tiefe. Sie blieben aber unverletzt. Mühsam kletterten sie in den Furchen entlang der Bergrücken nach oben. Ich sah eine Gestalt von einem Weingarten zum anderen schweben.
Mein Betreuer ließ nicht ab, mich zum Sprung aufzufordern. Sein Ansinnen schien mir nun nicht mehr so abwegig. Ich fühlte in mir die Kraft zum Sprung. Ich konzentrierte mich auf eine Öffnung im blau schimmernden Berg gegenüber. Ich sprang. Ich fühlte, daß ich mit unbeirrbarer Sicherheit jener Grotte zuschwebte, in die ich gelangen wollte. Ich spürte auch, daß ich noch im Flug meine Richtung hätte ändern können, hin zu einem Weingarten oder zu einer anderen Grotte. Nur zu den Häusern, da wollte ich sicher nicht mehr hin, wenn ich auch wußte, daß ich mich immer weiter vom Parkplatz entfernte und es gar nicht mehr so gewiß war, ob ich meinen Wagen noch einmal finden würde.
Am Eingang der Grotte hörte ich wieder, jetzt schon zum dritten Mal, eine Stimme »Mirogoj« rufen. Von den Wänden im Inneren des blauen Berges antwortete ein vielfaches Echo. Ich betrat die Grotte. Als sich meine Augen an das gedämpfte Licht gewöhnt hatten, sah ich, daß ich mich in einem großen Saal befand. Ich war nicht allein. Ich bemerkte mehrere Gestalten. Sie kümmerten sich nicht um mich. Meist bewegten sie sich mit angstvollen Gebärden vor großen Spiegeln und griffen sich ins Gesicht. Auch ich trat vor einen solchen Spiegel und sah zu meinem Erstaunen, daß mein Mund noch kleiner geworden war. Auch an meiner Nase schien sich ein Schrumpfungsprozeß anzubahnen. Mich beunruhigte diese Veränderung meiner Gesichtszüge nicht.
Ich sah mich um im Saal. Außer den Spiegeln und den Gestal-

ten davor konnte ich nichts entdecken. Ich ging weiter, zum hohen offenen Portal, das in einen zweiten, noch größeren Saal führte. Beim Eingang sah ich einige Gestalten beisammenstehen und bemerkte, daß sich in deren Gesichtern ähnliche Veränderungen zeigten wie in dem meinen. Auch war es mir unmöglich zu erkennen, welche der Gestalten ein Mann und welche eine Frau war. Der Gesichtsausdruck war fast bei allen ähnlich, und die merkwürdigen Kleidungsstücke ließen keinerlei diesbezügliche Unterscheidungen zu. Auch in diesem zweiten Saal waren die Wände mit Spiegeln verkleidet. Mein Mund und meine Nase waren nur noch andeutungsweise zu erkennen, und es wäre mir sicher sehr schwergefallen, zu sprechen. Dennoch hätte ich mich verständigen können. Wenn ich auch nicht wußte, wie.

Ich ging in den nächsten Saal. Wieder gedämpftes bläuliches Licht, wieder Spiegel an den Wänden. Jetzt blickten mir aus den Spiegeln nur noch meine Augen entgegen. Ich sah, daß mehrere den Saal wieder verließen. Obwohl die Tür nur sehr schmal war, konnten viele schnell und ohne Mühe gleichzeitig durch.

Ich kam vor eine verschlossene Tür. Ich war gewiß, daß dahinter der letzte Saal der Grotte lag und daß ich bald ins Freie gelangen würde. Die Tür hatte keine Schnalle und kein Schloß. Ich erinnerte mich an meinen Sprung von der Terrasse des Landhauses. Und schneller als ich denken konnte, gelangte ich ins Freie. Das Tal, in dem ich mich befand, lag hinter Lemberg und hieß »Tal der erfüllten Wünsche«. Ich wußte es, ohne daß es mir jemand gesagt hatte.

Diese Gegend verwirrt jeden, der sie zum erstenmal betritt. Prächtige Paläste stehen in Gärten voll nie verwelkender Bäume mit großen, weißen Blüten an den Ästen. Und an derselben Stelle, wo die Paläste stehen, erheben sich auch Berge. Durch die Fenster der Paläste und durch die Gärten tosen Wildbäche, ohne deren Bewohner zu stören, ohne die Bäume und Blumen zu vernichten. In Sekundenschnelle wechseln die Bilder. Dort, wo die Paläste standen, dehnen sich friedliche Felder, auf denen üppiges Getreide wogt, das sich wieder, bevor sich noch ein Schnitter dieser Ernte erfreuen könnte, in dürre Wüsten oder spiegelglatte Bergseen verwandeln kann. Anfangs konnte ich mir dieses Nebeneinander nicht erklären. Wie konnten ein Gebirge und ein Palast an derselben Stelle Platz haben?

Seit längerem erschrak ich wieder. Ein Fasan kam stolz auf mich zu. Kam näher. Ich wollte ihm ausweichen, doch da war er schon durch mich durchgegangen. Jetzt erkannte ich, daß in diesen Gegenden die Gesetze der Physik nicht mehr galten. Ich erkannte auch, daß hier der Ort war, an dem alle Wünsche in Erfüllung gehen.

Einer neben mir erfreute sich an riesigen goldenen Bergen, die er, beseligt vor sich hinblickend, höher und höher werden ließ. Ein anderer wieder stand umschlungen mit einer anderen Gestalt in seligster Verzückung.

Ich verließ das Tal der erfüllten Wünsche. Mich interessierte die weite Ebene, aus der schon seit längerem hin und wieder leise Musik herübertönte.

Es war keine Musik von Instrumenten gespielt, auch keine von Stimmen gesungen. Je näher ich an dieses ebene Feld kam, desto deutlicher wurde sie. Jetzt erst war ich in Mirogoj. Auf dem Feld des Friedens. Wo kein Wunsch, keine Sehnsucht, keine Leidenschaft mehr die Ruhe stört, wo sich nichts mehr bewegt, wo es nur das stille Innehalten in ewiger Zufriedenheit gibt. Versöhnt träumen Daphne und Apoll. Hier stört keine Marke mehr Isoldes Glück mit Tristan. Voll Frieden stehen sie und lauschen den Klängen der Äolsharfen, deren Saiten kein Sturm mehr zerreißen wird.

Die Musik wurde lauter und lauter. So laut, bis ich den höheren Gang einlegte, da ich wieder auf die Hauptstraße gelangt war und schneller fahren konnte. Ich hatte auch wieder Zeit, mich an der reifbedeckten Landschaft im kühlen Wintersonnenglanz zu erfreuen. Und als ich nach Marburg kam und an der großen Kreuzung auf die Uhr der Franziskanerkirche schaute, war ich sehr erstaunt, daß ich mich trotz dieser Umleitung über Lemberg nicht verspätet hatte.

# Nachwort

Eine ausgesprochene Tradition der Gespenstergeschichte hat es in Österreich nie gegeben, wenn man unter Gespenstergeschichten eine Art Erzählung verstehen will, die gewisse eng beschränkte Einfälle und literarische Effekte abwandelt, ein literarisches Spiel, bei dem vor dem behaglichen Kaminfeuer wohliges Gruseln erweckt werden soll, in dem sicheren Bewußtsein, daß es nur um ein stillschweigendes Übereinkommen zwischen Autor und Leser geht, für die Dauer der Lektüre gewisse höchst unwahrscheinliche und sogar unmögliche Dinge als wahr anzunehmen. Die Gespenstergeschichte ist ja nur eine, thematisch und formal eng umrissene Untergattung der phantastischen Literatur, und was sich in der österreichischen Literatur an Phantastischem zeigte, ist entweder liebenswert skurril, barock und verschroben wie die kauzigen Sprachgebilde des Herzmanovsky-Orlando (wenn auch nicht ohne Abgründe) oder wächst sich zu einem fundamentalen Zweifel an der Ordnung und Vernünftigkeit der Welt aus und enthüllt eine Bösartigkeit, die gar nicht so liebenswürdig ist.

Die Literatur in jenem geographischen Bereich, der einst von der Österreichisch-Ungarischen Monarchie eingenommen wurde, erscheint zuweilen wie besessen von Zerfall und Untergang. Jedenfalls aber zeigt sich häufig Unwirkliches. Spiel und Traum treffen sich in der Metapher von der ganzen Welt, die Bühne ist. Ein ausgesprochen spielerischer Zug beherrscht die österreichische Phantastik. Das gilt nicht nur für die eigentlich österreichischen Autoren (selbst wenn man dazu die deutsch schreibenden böhmischen Autoren hinzuzählt), sondern auch für einige, die in anderen Sprachen schufen.

Die Erzählungen des BRUNO SCHULZ in *Die Zimtläden* (in denen u. a. die Auseinandersetzung mit der Österreichisch-Ungarischen Monarchie symbolischen Ausdruck findet) oder der bedeutende Roman *Der Storchkalif* (1916) des MIHALY BÁBITS, in dem sich Traum und Leben nicht minder mischen wie in GUSTAV MEYRINKS Roman *Der Golem* oder ALFRED KUBINS *Die andere Seite*, sind nicht weniger traumverloren und allegorisch als die Phantastik, von der hier die Rede sein soll.

Träume, häufig Alpträume, bestimmen diese Literatur, und es

ist deshalb vielleicht nicht unangemessen, daß LUDWIG ANZENGRUBERS *Teufelsträume* (1873) aufgenommen wird, eine der seltenen österreichischen phantastischen Erzählungen aus der Zeit vor der Jahrhundertwende und geschrieben von einem Autor, dem man eine solche Erzählung kaum zugetraut hätte. Eine phantastische Literatur entstand in Österreich erst nach 1900, als für den Klarsichtigen das Ende der Monarchie und die kommende europäische Katastrophe bereits erahnbar wurden, und es ist ja auch charakteristisch für die phantastische Literatur, daß sie zumeist in Krisen- und Umbruchzeiten auftritt, als feinfühliges Barometer für die Stimmungen der Zeit.

Am markantesten zeigt sich diese Untergangsstimmung in ALFRED KUBINS Traumvision *Die andere Seite* (1909), die den apokalyptischen Untergang eines von der Welt durch hohe Mauern abgeschlossenen Traumreiches in Asien schildert. Claus Patera, ein lange verschollener Jugendfreund des Erzählers, der zu ungeheurem Reichtum gekommen ist, hat es aus in der Alten Welt zusammengekauften Bauteilen und Gegenständen errichtet. Aber nicht aus beliebigen, sondern aus solchen, die mit irgendwelchen Verbrechen und Bluttaten verknüpft sind. Und die Bewohner dieser Traumwelt bestehen aus Hypochondern, Spiritisten, Raufbolden, Abenteurern, Mördern, Taschenspielern, Falschmünzern und Dieben, Menschen mit fixen Ideen wie Sammelwut, Lesefieber, Spielteufel, Hyperreligiosität und physischen Deformitäten wie Traubennasen und Zentnerkröpfen. Das Traumreich wird vom Verfall beherrscht, der Himmel ist immer trüb, Sonne und Sterne nie sichtbar, und es gibt kaum Geburten, denn Kinder sind nicht sehr beliebt: »Es hieß, ihr Wert decke sich keinesfalls mit den durch sie verursachten Unannehmlichkeiten. Es war die herrschende Ansicht, daß sie nur Geld kosten, oft bis ins erwachsene Alter hinein, ungern und selten etwas zurückzahlen wollen und fast niemals ihren Eltern für das Geschenk des Lebens dankbar seien, im Gegenteil oft zu der Meinung neigen, diese Gabe sei eine aufgedrungene.«

Der Roman entwickelt sich in einer Reihe von erschreckenden Metamorphosen, die einer absurden Logik gehorchen und in apokalyptischen Bildern kulminieren, deren sexuelle Symbolik unverkennbar ist und in denen sich ein infantiler Sadismus zeigt, der der Phantasie eines wahnsinnigen KZ-Wächters entsprungen sein könnte. Unwillkürlich denkt man an Karl Kraus, der die Monarchie einmal eine »Experimentieranstalt für Weltuntergänge« genannt hat; Kubins visionäre Träumerei nimmt in überzeugenden, sich trotz aller Besessenheit nicht wiederholenden Bildern den Untergang einer trotz allem geliebten Welt und den Ausbruch der Barbarei vorweg. Sein Roman ist auch ein Indiz für das wahre Wesen des Österreichers, das hinter dem liebenswürdig weinseligen Klischee vom gemütlichen Österreicher verborgen ist, und das alles andere als gemütlich ist.

Kubins Roman war prophetisch. Eine weitaus schwächere apokalyptische Vision, beschränkt auf den Untergang Wiens und zweifellos erst unter dem Eindruck des 1. Weltkrieges entstanden, lieferte KARL HANS STROBL in *Gespenster im Sumpf* (1920). Doch hatte auch er schon in dem großangelegten, ehrgeizigen, aber wenig geglückten Roman *Eleagabal Kuperus* (1910) den Zusammenprall einer konservativen Werten verpflichteten Welt mit materialistischen Kräften in orgiastisch-apokalyptischen Szenen beschrieben. In prätentiöser Symbolik schickt sich ein an Nietzsche erinnernder Übermensch Thomas Bezug an, Prüfungen für die Menschen zu ersinnen, vor allem will er der Erdatmosphäre den Sauerstoff rauben. Trotz einzelner recht lebendiger Szenen ist dieser Roman kaum mehr lesbar.

Der bedeutendste Autor dieser Untergangsstimmung war natürlich FRANZ KAFKA. Er zeigte allerdings nicht die geringste Neigung fürs Übernatürliche, und er hat mit herkömmlichen Gespenstergeschichten gar nichts zu schaffen. Er bevorzugte die gewöhnlichen und einfachen Dinge und zeigte sich z. B. entsetzt über die Begeisterung seines Freundes MAX BROD (dessen *Die erste Stunde nach dem Tode* selbst eine bedeutende, satirisch gefärbte Gespenstergeschichte ist) für den okkulten Überschwang eines Autors wie GUSTAV MEYRINK. Bei Kafka wird die ganz gewöhnliche, mit peinlichster Genauigkeit, die bis zur Pedanterie geht, beschriebene Alltagswelt als solche unheimlich und gespenstisch, weil der Vernunft unzugänglich, und der Mensch ist ihr hilflos ausgeliefert, unfähig, sie zu beherrschen oder auch nur zu verstehen.

Akzeptiert man indessen die Prämissen der Form, so war MEYRINK allerdings in der Tat der beste Autor von Gespenstergeschichten im deutschen Sprachraum in diesem Jahrhundert. Meyrinks saloppe, häufig banale, mit Reizwörtern des Unheimlichen operierende Sprache ist oft kritisiert worden, und seine Romane nach dem *Golem*, etwa *Der weiße Dominika-*

*ner* (1921), *Walpurgisnacht* (1917) oder *Das grüne Gesicht* (1916), verbinden bedauerlicherweise höchst banale Fabeln und Darstellungsweisen mit einem missionarischen Eintreten für okkultes Gedankengut, das nur für jene Leser einigermaßen erträglich ist, die selbst daran glauben. Sprache und Handlung dieser Romane sind zu schwächlich, als daß sie eine solche weltanschauliche Bürde tragen könnten. *Der Golem* (1915) jedoch ist ein Meisterwerk der phantastischen Literatur, auch wenn darin nicht so sehr die Golem-Figur der jüdischen Sage verwertet wird, sondern Meyrink seine eigene dichte Traumvision aufbaut, in der Leben, Traum und kabbalistische Symbolik eine überzeugende Verbindung eingehen. Der Golem ist bei Meyrink in erster Linie Symbol der jüdischen Gedankenwelt und der Atmosphäre des Ghettos. Auch in seinen zahlreichen Erzählungen, vor allem denen in *Des deutschen Spießers Wunderhorn* (1913, ein Sammelband, der drei frühere kleinere Bändchen in sich vereint), bietet Meyrink viel Absonderliches, Exotisches und Unheimliches, biologische Experimente, orientalische Mystik, amputierte Gliedmaßen und anderes aus der phantastischen Literatur, aber auch bösartige Satiren auf die spießbürgerliche Gewöhnlichkeit. Der in dieser Sammlung aufgenommene *Kardinal Napellus* stammt aus dem weniger bekannten Band *Fledermäuse* (1916) und ist in seiner Schicksalhaftigkeit typisch für Meyrink.

Gleich nach Meyrink ist als österreichischer Phantast wohl KARL HANS STROBL zu nennen, für den die Phantastik zwar nicht so Weltanschauung war wie für Meyrink, der aber eine große Vorliebe für sie hatte. Zusammen mit MEYRINK und HANNS HEINZ EWERS war er wohl derjenige, der am meisten zur Renaissance der deutschen phantastischen Literatur bis in die zwanziger Jahre hinein beitrug. Strobl war zwar ein Vielschreiber, dessen Geschichten sprachlich oft sehr nachlässig formuliert waren, und er machte auch alle nationalistischen »germanischen« Torheiten mit, aber er war doch ein recht begabter Schriftsteller mit viel Phantasie und der Gabe, unheimliche Szenen drastisch und anschaulich zu schildern. Nicht zuletzt zeichnet sich seine Phantastik durch eine humoristische Note aus. Diese Fähigkeit, selbst angesichts des Teufels noch zu lachen, hielt er für eine typisch deutsche Eigenschaft. Eine solche Verallgemeinerung ist sehr fragwürdig, aber zumindest er verstand es in seinem Werk, Humor mit Grauen zu verbinden. Der Humor ist ja ein Ausweg, um mit einer als übermäch-

tig empfundenen übernatürlichen Wirklichkeit fertigzuwerden, die Spannung durch ein befreiendes Lachen zu lösen. Erzählungen wie *Der Hexenrichter, Geberden da gibt es vertrackte, Die Schatzgräber, Der sechste Gesell, Das Aderlaßmännchen* oder das hier aufgenommene *Das Grabmal auf dem Père Lachaise*, eine originelle Version des Vampir-Themas, sind wohl seine eigenständigsten Leistungen in der Phantastik. Manche seiner Erzählungen erinnern in ihrer drastischen Art an die Zeichnungen des von Strobl bewunderten Böcklin. Strobl war auch als Herausgeber unheimlicher Geschichten von Bedeutung. Von 1919 bis 1921 redigierte er die wichtige Zeitschrift für phantastische Literatur und Kunst *Der Orchideengarten*, und 1923 gab er in Wien die hübsch gestaltete Buchreihe »Geschichten um Mitternacht« heraus, in der sechs Bände erschienen, Erzählungssammlungen von Edgar Allan Poe, E. Th. A. Hoffmann, Villiers de l'Isle-Adam, Nikolaus Gogol, Hanns Heinz Ewers und Strobl selbst.
Ein wesentlich bedeutenderer Autor war allerdings LEO PERUTZ (1884–1957), der jetzt in den »Phantastischen Romanen« bei Zsolnay wiederentdeckt wird. Perutz war in erster Linie Romancier, er schrieb nur eine oder zwei phantastische Kurzgeschichten, so daß er in dieser Anthologie nicht vertreten ist. Perutz war vor allem Erzähler; seine Romane sind wunderbar spannend aufgebaut, und das Geschehen entwickelt sich zuweilen mit schicksalhafter Zwangsläufigkeit, aber dabei immer neuen und überraschenden Wendungen der Handlung. Seine Darstellungsweise ist äußerst plastisch. Am kunstvollsten ist wohl sein aus ineinander verflochtenen Novellen bestehender Legendenroman *Nachts unter der steinernen Brücke* (1953), der im Prag Kaiser Rudolfs II. und des Hohen Rabbi Loew spielt und das Leben der Stadt, sowohl des Adels wie des gemeinen Volkes, in seiner ganzen farbenprächtigen Fülle vor dem Leser ausbreitet. In zweien seiner Romane hat Perutz die psychodelischen Drogen vorweggenommen, in *Der Meister des Jüngsten Tages* (1923) und *St. Petri Schnee* (1933). Dort stammen die Gespenster nicht aus dem Jenseits, sondern werden durch chemische Mittel aus dem menschlichen Unterbewußtsein erweckt. Perutz' Romane vollführen einen kunstvollen Balanceakt zwischen Übernatürlichem und Einbildung, und es bleibt häufig in der Schwebe, ob die geschilderten phantastischen Ereignisse als real aufzufassen sind oder nur in der Phantasie seiner Gestalten existieren. Neben den schon

erwähnten gehört der brillant erzählte *Marques de Bolibar* (1920) zu Perutz' besten Romanen.

Nur eine Randerscheinung ist das Unheimliche und Gespenstische in den Werken des zum Teil von Perutz beeinflußten ALEXANDER LERNET-HOLENIA (1897–1976). Es zeigt sich zumeist in einzelnen Szenen, in denen das Alltägliche unverhofft ins Übernatürliche überwechselt, etwa in *Der Mann im Hut* (1937) oder *Mars im Widder* (1947). Aber seine Erzählung *Der Baron Bagge* (1935), derzeit erhältlich in einer schönen Ausgabe in der Fischer-Bibliothek, ist wohl die schönste österreichische Gespenstergeschichte überhaupt. Es wird darin eine phantastische Episode aus dem Ersten Weltkrieg berichtet, bei der ein österreichischer Offizier in den paar Minuten, in denen eine Reiterattacke im russischen Feuer zusammenbricht, in ein dämmerhaftes Zwischenreich entführt wird und dort eine Liebesgeschichte mit einer Frau erlebt, die in Wirklichkeit ebenso tot ist wie jene Kameraden, mit denen er im Traum noch immer zusammen ist, während sie doch beim Angriff starben (und der Erzähler selbst schwer verwundet wurde). Ähnlich wie Perutz versteht Lernet-Holenia es meisterhaft, den Übergang aus der allerrealistischsten, glaubwürdigsten Beschreibung ins Irreale nahtlos zu vollziehen und das Alltägliche mit dem Mythischen zu verschmelzen.

Kurz erwähnt sei auch FRANZ SPUNDA (1889–1963), der in den zwanziger Jahren eine Reihe magisch-mythischer Romane schrieb, die sich durch eine verklemmte Sexualität und nicht geringen magischen Schwulst auszeichnen, vor allem sein erster, *Devachan* (1921), und *Der gelbe und der weiße Papst* (1923). Sein bester, der »nekromantische Roman« *Das ägyptische Totenbuch* (1924), ist ein interessanter Thriller, etwa in der Art von Sax Rohmers übernatürlichen Reißern, und gar nicht schlecht gemacht.

PAUL BUSSON (1873–1924) schrieb mit *Die Wiedergeburt des Melchior Dronte* (1921) den Roman einer Reinkarnation, der eine Neuauflage wert wäre und eine Fülle von interessanten Szenen und Charakteren enthält, die zusammen ein überzeugendes Bild des historischen 18. Jahrhunderts in Deutschland ergeben. Unter den Gespenstergeschichten in *Seltsame Geschichten* (1919) gibt es einige recht gute.

Eine repräsentative Anthologie österreichischer Phantastik hat der Belgier JEAN GYORY in *Phantastisches Österreich* (Zsolnay Verlag, 1976) zusammengestellt; darunter befinden sich aber

nur sehr wenige echte Gespenstergeschichten. Meist sind dort Autoren vertreten, die nur mit einer oder einigen Geschichten der irrationalen Seite der menschlichen Natur ihre Reverenz erwiesen haben – wie in diesem Band etwa auch ARTHUR SCHNITZLER mit seiner »Weissagung«. Zumeist sind diese Geschichten jedoch von weitaus höherer Qualität als die von den Genreautoren.
Unter den modernen Österreichern gibt es nur zwei mit einer ausgeprägten Neigung fürs Gespenstische. Einer davon ist H. C. ARTMANN, dessen unerhörtes Sprachgefühl es ihm ermöglicht, auch die abgedroschensten Stoffe poetisch zu veredeln und dessen Wortkunst ihnen neues Leben – meist parodistisch angehauchtes – verleiht. Der andere ist PETER DANIEL WOLFKIND, ein echter Phantast, der bislang nichts anderes als Phantastik geschrieben hat. Sein erstes Buch, *Mondnacht* (1972), ist eine echte Entdeckung. In ihnen stellt er phantastische Stoffe in sehr moderner Form dar; im Herzen ist er mehr Surrealist als ein Erzähler konventioneller Gespenstergeschichten, wie es überhaupt in der österreichischen Literatur kaum klassische Gespenstergeschichten gibt. Wie bemerkt, sind die österreichischen Gespenstergeschichten eher verspielt und barock verschnörkelt – oder sie stellen die Alltagswelt, wie sie ist, als etwas Erschreckendes dar, auch ohne die Einwirkung übernatürlicher Wesen aus dem Jenseits. Solche Kafka- und Surrealismus-Epigonen versammelt PETER HANDKES Anthologie *Der gewöhnliche Schrecken* (1969) im Residenz-Verlag.
Die vorliegende Anthologie versucht, Erzählungen zusammenzustellen, die einerseits echte Gespenstergeschichten sind, andererseits nicht leicht in anderen Ausgaben zugänglich und allzu bekannt sind (weshalb etwa *Der Baron Bagge* von Alexander-Lernet-Holenia nicht aufgenommen wurde). Dabei wurde darauf Bedacht genommen, sowohl ältere wie moderne Autoren zu berücksichtigen.
Der Herausgeber dankt außer den Rechtinhabern für die Abdruckerlaubnis vor allem Herrn Ing. Lambert Binder aus Wien für manchen Hinweis und für das Aufspüren der Erbin von Paul Busson.

Franz Rottensteiner

# Die Autoren

LUDWIG ANZENGRUBER (1839–1889). Volkstümlicher Wiener Dramatiker und naturalistischer Erzähler mit dialektgefärbtem Hochdeutsch. Einige seiner Stücke haben eine scharf antikirchliche Tendenz, wie z. B. *Der Pfarrer von Kirchfeld* (1872), während andere, wie *Der Meineidbauer* (1872), eine allgemein-menschliche Problematik behandeln. *Teufelsträume* (1873) ist eine seiner wenigen Erzählungen mit gespenstischem Einschlag.

H. C. ARTMANN (geb. 1921). Österreichischer Dichter, Schriftsteller und Übersetzer mit brillantem Sprachgefühl und einem ausgeprägten Interesse für das Abseitige und Phantastische. Artmann übersetzte u. a. H. P. Lovecraft und Bram Stoker ins Deutsche, setzte sich frühzeitig für den flämischen Phantasten Jean Ray ein und schrieb parodistische Gespenstergeschichten, in denen sich liebenswürdiges Interesse für die Trivialliteratur der viktorianischen Zeit und der zwanziger und dreißiger Jahre mit Spott darauf mischt. Über Nacht bekannt wurde er zuerst durch die Mundartgedichte in *Med ana schwoazzn dintn* (1958). Er war die treibende Kraft der »Wiener Gruppe« und gilt vielen als lebendes poetisches Exempel. Seine phantastischen Versuche umfassen die Bände *Die Anfangsbuchstaben der Flagge* (1969) und *Grünverschlossene Botschaft* (1967) sowie Parodien auf Dracula, Werwolfgeschichten und Frankenstein (*dracula dracula*, 1966; *tök ph'rong süleng*, 1968; und *Frankenstein in Sussex*, 1967).

PAUL BUSSON (1873–1924). Sohn des Historikers Arnold Busson und heutzutage weitgehend vergessener österreichischer Erzähler. Sein Meisterwerk ist zweifellos der Reinkarnationsroman *Die Wiedergeburt des Melchior Dronte* (1921), ein mystischer Erziehungsroman, der den Leser durch alle Schichten der Gesellschaft des 18. Jahrhunderts führt. Phantastisch ist auch sein Roman *Die Feuerbutze* (1923). Von seinen Kurzgeschichtenbänden ist *Seltsame Geschichten* (1919) der beste.

GUSTAV MEYRINK (1868–1932). Der in Wien geborene Meyrink war ursprünglich Bankier in Prag, dann Mitarbeiter des *Simplicissimus* (wo viele seiner Erzählungen zuerst erschienen) und phantastischer Erzähler, Übersetzer und Herausgeber. Sein Roman *Der Golem* (1915) ist eines der bleibenden Meisterwerke der phantastischen Literatur, und auch die Kurzgeschichten in *Des deutschen Spießers Wunderhorn* (1913) werden immer wieder neu aufgelegt. Seine späteren Romane *Das grüne Gesicht* (1916), *Walpurgisnacht* (1917), *Der Engel vom westlichen Fenster* (1920) und *Der weiße Dominikaner* (1921) sind eher Vehikel zur Darlegung seiner okkulten Weltanschauung als literarische Kunstwerke, aber in seinen besten Erzählungen ist

Meyrink möglicherweise der bedeutendste deutschsprachige phantastische Erzähler in diesem Jahrhundert.

ARTHUR SCHNITZLER (1862–1931) wurde als Sohn eines Arztes ebenfalls Arzt und lebte später als freier Schriftsteller in Wien. In seinen Erzählungen und Schauspielen behandelte Schnitzler als melancholischer Skeptiker erotische und psychologische Probleme mit großer Meisterschaft und einer Schärfe der Analyse, die der Psychoanalyse parallel läuft. In einigen wenigen Erzählungen stellt er phantastische Grenzfälle der menschlichen Psyche dar.

KARL HANS STROBL (1877–1946). Der aus Iglau in Südmähren stammende Karl Hans Strobl war zwar ein deutscher Chauvinist und später sogar eifriger Nationalsozialist, aber er war auch ein durchaus begabter Phantast und hat der deutschsprachigen phantastischen Literatur ab 1901 als Autor, Herausgeber und Rezensent wesentliche Impulse gegeben. Als phantastischer Autor lebt er fort, während seine heimatverbundenen Schriften in Vergessenheit geraten sind. Seine phantastischen Erzählungen wurden u. a. in den Bänden *Aus Gründen und Abgründen* (1901), *Die Engebungen des Arphaxat* (1904), *Bedenksame Historien* (1907), *Die knöcherne Hand und anderes* (1911), *Lemuria* (1917), *Beelzebubs Meerschaumkopf* (1924) und *Die Eier des Basilisken* (1926) gesammelt. Eine kleine Auswahl aus *Lemuria* erschien 1972 unter dem Titel *Unheimliche Geschichten* im Herbig Verlag. Zu Strobls phantastischen Romanen zählen *Eleagabal Kuperus* (1910), *Gespenster im Sumpf* (1920) und *Umsturz im Jenseits* (1920).

HANNELORE VALENCAK (geb. 1929) stammt aus Donawitz in der Steiermark, ist Physikerin von Beruf und schrieb seit 1951 rund ein Dutzend Bücher, Romane, Erzählungsbände, Lyrik und Jugendbücher und wurde mit mehreren Literaturpreisen, darunter 1954 mit dem Georg-Trakl-Preis und 1957 mit dem österreichischen Staatlichen Förderungspreis für Romane, ausgezeichnet. Einige ihrer Romane sind utopisch oder phantastisch, so ihr erster, *Die Höhlen Noahs* (1961), und *Das Fenster zum Sommer* (ursprünglicher Titel *Zuflucht hinter der Zeit*, 1967).

PETER DANIEL WOLFKIND (geb. 1937) ist gebürtiger Grazer und studierte Germanistik und Musik. Er ist Musikkritiker, Dramaturg und Mitorganisator der ›Musikprotokolle‹ des ›Steierischen Herbstes‹. Er komponierte Bühnen- und Kammermusik. Bisher liegen von ihm zwei Bände surrealistisch-phantastischer Erzählungen, *Mondnacht* (1972) und *Die Boten des Frühlings* (1975) sowie der phantastische Roman *Der grüne Zuzumbest* (1973) vor.

# Die Quellen

LUDWIG ANZENGRUBER: *Teufelsträume* (1873). Aus: *Ludwig Anzengrubers Gesammelte Werke*. Stuttgart: J. B. Cotta, 1897.

H. C. ARTMANN: *Ein außergewöhnlicher Unglücksengel.* Aus: H. C. Artmann: *Die Anfangsbuchstaben der Flagge.* Geschichten für Kajüten, Kamine und Kinositze. Salzburg: Residenz-Verlag, 1969. Mit freundlicher Genehmigung des Residenz-Verlages.

PAUL BUSSON: *Die Kleinodien des Tormento*. Aus: Paul Busson: *Seltsame Geschichten*. Graz, Wien, Leipzig: Kienreich, 1919. Mit freundlicher Genehmigung von Frau Irmgard Münster.

GUSTAV MEYRINK: *Der Kardinal Napellus*. Aus: Gustav Meyrink: *Fledermäuse*. Leipzig: Kurt Wolff Verlag, 1916. Mit freundlicher Genehmigung des Verlages Langen-Müller.

ARTHUR SCHNITZLER: *Die Weissagung*. Aus: Arthur Schnitzler: *Dämmerseelen*. Berlin: S. Fischer Verlag, 1907. Mit freundlicher Genehmigung des S. Fischer Verlages.

KARL HANS STROBL: *Das Grabmal auf dem Père Lachaise*. Aus: Karl Hans Strobl: *Lemuria*. Seltsame Geschichten. München: Georg Müller Verlag, 1917. Mit freundlicher Genehmigung des Verlages Langen-Müller.

HANNELORE VALENCAK: *Umkehr in Çiftehan*. Aus: Hannelore Valencak: *Erzählungen*. Wien: Kremayr & Scheriau, 1973. Mit freundlicher Genehmigung der Autorin.

PETER DANIEL WOLFKIND: *Umleitung über Lemberg*. Aus: Peter Daniel Wolfkind: *Mondnacht*. Wien – München – Zürich: Europaverlag, 1972. Mit freundlicher Genehmigung des Europaverlages.